赤松中學
彈的亞莉亞 XIII
Aria the Scarlet Ammo
反擊的九龍

1彈 Dry eyes

「GⅢ……！」

面對**音速**的子彈也能凌駕其上、號稱美國人間兵器的——人工天才。

跟我擁有同等戰鬥能力的、我的弟弟。

（居然只靠這麼一擊……！）

靠藍幫的少女——猴所射出的雷射——**光速**的攻擊。

就被擊斃了。

（這……這種事情……！）

月光照耀下，我在鏡高組大本營的磚瓦屋頂上，啞然失聲了。

GⅢ的身體動也不動。

他在倒下時順勢轉向側面的臉上，僵硬地維持著驚愕的表情。

微微帶點藍色的雙眼，瞳孔擴張。

從嘴巴流出的鮮血，也看不出有因為隨意肌的收縮而吐出來的樣子。

是、是當場死亡的。

可是，我卻連衝到他身邊這種事情都做不到。

因為猴的紅色右眼，現在正凝視著我。

剛才的雷射就是從那眼睛射出來的。

在被她注視的時間點上，應該就可以認定是被她瞄準了。

接著只要等猴發射，短短零點一秒之後，我就會死。

這壓倒性的事實，讓我的全身被釘在原地，動彈不得。

「——猴！鎮靜下來！此處可是倭呀！要是汝再殺人的話——即會演變成倭與唐的神怪鬥爭局面了！鎮靜下來呀！」

身穿短版水手服、身材嬌小的猴，無視於玉藻的尖叫——

彷彿是在「向前看」似地，將雙手伸向我的方向。

看起來似乎在對站得比GⅢ遠的我進行精密瞄準。

接著，對因為她的行動而慌張起來的藍幫幹部——昭昭與諸葛……

「科魯、歐魯、托嚕嗎耶斯、咖路加拉嚕。」

說出意義不明、但帶有牽制意味的聲音。

（不行了……！）

已經沒有人可以阻止猴了。這狀況真的就像觸怒了神佛一樣。

猴那頭長到幾乎可以碰到地板的黑髮隨風搖曳起來。

（——要被擊中了……！）

就在我嚥了一下口水的時候……

咻——啪唰——

伴隨一聲有如沖天炮的尖銳聲響，從庭院升起了粉紅色的煙霧。

「!?」

條狀的煙霧隨著風，擴散成一片帷幕狀，漸漸籠罩夜空。

咻——咻！緊接著，是水藍色與象牙白。

三種顏色的煙霧幕簾，隨風瀰漫到屋頂上來。

（……煙霧彈……！）

這是——可以散布遮蔽視線的粉末、在空中產生氣膠的化學武偵彈。

紅、藍、白同時也是英國國旗的顏色。是亞莉亞的掩護啊。

亞莉亞是看到劃過天際的雷射，直覺判斷出那是敵人的攻擊，而且是我們無法反擊的東西。真不愧是福爾摩斯四世，那敏銳的直覺真是太讓人感激了。

煙霧擴散到我與猴之間，很快就遮蔽了雙方的視線。

「玉藻，快逃！」

我對著即使在我腳邊也已經變得很難看清楚的玉藻如此大叫，並瞥眼確認對我點頭的狐狸女孩把尾巴當成雪橇，滑下屋頂的同時——拔腿衝向GⅢ。

接著，伸手抱起他動也不動的身體，並順著陶瓦的斜面往下滾落。

就在我從屋頂上掉落的途中，爆發模式下的聽覺聽到了昭昭與諸葛「猴還沒醒呀！」「佩特拉之鑰應該有壓抑下來才是！」等等的聲音。

我在半空中將GⅢ揹到我的背上，「唰！」一聲落地的同時，在庭院中快步奔跑出去。

（快跑……快跑！）

將GⅢ塞進停在庭院停車場上的象牙色敞篷車——藍寶堅尼 Murciélago 的副駕駛座後，我自己也跳進了車子。

接著用武偵手冊的撞匙發動引擎。因為車子是順著停入車位的關係，於是我將檔位打入R檔——帶點甩尾地轉換方向，衝向宅邸外。

途中，玉藻「喀！」一聲踏響木屐，跳到車座後方的透明引擎蓋上。庭院中看不到亞莉亞的身影，看來她已經撤退了。

沒錯——現在的狀況也只能逃了，也只能躲起來了。

要是被雷射追擊，我們根本無法反擊啊。

「該死……該死……！」

我穿過大門衝到車道上，用力踩下油門。

心中抱著悔恨，緊緊咬著牙根。

開了幾公里，來到都內電車的鐵路旁，打了閃黃燈停在路上後……

我將額頭靠到方向盤上，深深嘆了一口氣，做好覺悟——

接著轉頭看向被擊斃的GⅢ。

結果……

「……哼……！」

在笑。GⅢ沾滿鮮血的嘴角在笑。

跟我對上視線的瞳孔，也已經恢復原狀了。

雖然因為痛苦而盜著冷汗，但他竟看著表情驚訝的我，臉頰賊笑似地動了一下。

（還、還活著……！）

就連剛才大叫著GⅢ已經「回天之術」的玉藻，也忍不住睜大了雙眼。

「……剛才老哥讓我見識到、我從沒見過的招式，所以我也回敬你一下啦。而且還、一次兩招啊。」

即使聲音無力，但GⅢ依然像在比勝利手勢一樣，用顫抖的手比出了兩根指頭。

這、這傢伙真的還活著啊。

明明他的胸口就被雷射貫穿了說。

「第一招……『裝死（Possum）』。刻意讓瞳孔撐大，這點程度的東西，只要是國防部的諜報員，就算新人也辦得到勒。至於吐血，只要將湧上喉嚨的東西再混雜咬破舌頭製造的鮮血，就可以看起來很誇張啦。」

「別、別說了！你的胸口、可是被貫穿……！」

「放心吧，重要器官沒有被擊中啦。在美國，開槍射擊就跟打招呼一樣啊。要是覺得不妙，就只要把姿勢傾斜一下，讓子彈射進來的角度可以穿過內臟之間的縫隙就可以啦。這就是第二招——『內臟迴避（Organ through）』。哎呀，我也沒料到會把這一招用在閃避雷射攻擊上啦。」

超、超強的……！

雖然我自認我經歷過夠多的險局了，但他真不愧是美國人，有夠硬派。

還真是讓我見識到很誇張的招式啦。不過我一輩子都不會想用就是了。

——GⅢ他……

剛才瞬間察覺出猴的眼睛是類似槍口的東西，於是立刻將攻擊——也就是「流星」給取消掉。

接著在使出「內臟迴避」的同時，判斷出這雷射要是被對方連續使用的話，就不妙了。

因此他很快就讓自己裝死，撐過了那個局面。

（這、這傢伙……真的是太了不起啦。）

雖然我心中如此感到欽佩，但GⅢ想必還是受了很嚴重的傷。

像他現在就癱坐在副駕駛座上，完全沒辦法站起身子啊。

就在這時——從上空傳來了「啪啪啪啪……」的渦輪迴轉聲。是直升機。正朝著**我們所在的地方**接近、降落著。

我不禁咂了一下舌頭，並抬頭看向黑暗的天空。

（是藍幫的追擊嗎……！在哪裡……？）

聽這聲音……雙渦輪、四片螺旋槳——是UH－60黑鷹，軍用直升機啊。

居然讓那種東西飛在日本的領空上，還真是太有膽量了。

雖然對黑鷹來講，9mm子彈根本就是像小彈珠一樣的東西，但我還是舉起貝瑞塔，瞄準聲音傳來的方向——卻被GⅢ用義手輕輕壓下來了。

緊接著，唧唧唧唧……啪啪……

隨著一陣宛如巨大捕蚊燈的聲音響起，全黑的攻擊直升機出現在兩百公尺上空了。就好像是從異次元空間穿越出來的一樣。

——這情景，我有看過。

跟GⅢ以前乘坐的戰略轟炸機加利恩一樣，是光曲折迷彩啊。

「抱歉啦，老哥。我要暫時離開一段時間了。」

GⅢ如此說完後……啪！

在已經降落了相當高度的黑鷹直升機正下方、藍寶堅尼的右側，傳來了腳步聲。

接著，「唧唧唧……」的聲音傳來……出現了一名脫下光曲折迷彩斗篷、身穿尖端科學護具的女性。

我記得……她好像叫「九九藻」，是GⅢ的部下。原來如此，是GⅢ叫來的援兵啊。

「GⅢ大人！啊啊、啊啊……！怎、怎麼會這樣……！」

從栗色的半短髮中露出狐狸耳朵的九九藻，就像眼中已經看不見其他的事物般，飛撲到GⅢ的身上。

或許是為了不要讓部下擔心……

「——吵什麼啦，這點程度算個屁。要不是因為多管閒事的老哥，害我沒進入垂死爆發，我早就靠自己的力量撤退啦。」

GⅢ逞強地說著。

於是九九藻用力點頭回應，戴了露指手套的手顫抖地拿出登山掛鉤……的同時，察覺到了玉藻的存在。

「玉……玉、玉玉玉藻御前！殊、殊、殊不知正一位的天狐皇幼殿下會現、現身於此！不肖，九、九九九九、九九藻生稻，實在失禮！實在失禮——」

啪搭！

九九藻翻起大衣，忽然就在車子旁五體投地、跪下磕頭了，連耳朵都用力垂了下來。

不過她似乎還是很擔心GⅢ的狀況，而全身顫抖著。

「——免禮了、免禮了。此刻十萬火急，汝就一邊為GⅢ急救，一邊聽咱說吧。」

聽到玉藻如此說道……於是九九藻站起了身子。但她依然還是像個夾在總經理與董事長之間的小職員一樣緊張，想要用掛鉤連接自己跟GⅢ的護具，卻失誤了好幾次。

我還是第一次聽說，狐狸之間是有貴賤之分的——

不過，看來玉藻是一隻相當偉大的狐狸啊。雖然我是完完全全、一丁點兒都看不出來就是了。

「GⅢ的傷，是來自唐的猴所使的如意棒所造成。雖然咱也現身，試圖鎮靜她……但猴卻對咱的話充耳不聞。貌似失去了理智呀。」

「唐……唐的、猴嗎……！」

聽到這個名字，九九藻雙眼瞪得眼珠子都快要掉出來了。

看來猴在他們這群妖怪界中是個大人物啊。

我想也是。畢竟從玉藻口中說出來的猴的別名——**孫悟空**，可是家喻戶曉的名字。就是在中國四大奇書之一——《西遊記》中登場，那位傳說中的猴子，因跟隨三藏法師玄奘前往西方，其功績被認同而成為了佛。神話故事中就描述到這邊了，但是——

（沒想到居然是真實存在，而且還活在世上的人物啊……）

而且，還是那樣一名女孩子。

正常來講，這實在太讓人難以理解，難以接受了。還有被描述為「伸縮自如的紅色棒子」的如意棒，實際上是雷射光束的事情也是。

——不過，我決定姑且相信這些都是事實了。

在這次的事件中，要是我不這麼想，就不太妙啊。

畢竟——

猴可是跟我們敵對的組織——「藍幫」的戰士。

（那一類的怪物，我在德古拉伯爵・弗拉德的時候就已經有過經驗啦。）

在莫名其妙的事情上變得經驗豐富的我，任由下降氣流吹亂頭髮——幫忙九九藻把從直升機垂降下來的繩索接到她的護具上。

我都這樣好心幫忙她了，她卻一臉「都是因為你，害我主人受傷了」地狠狠瞪著我……於是我裝作沒注意到，而對似乎要前往遠處的GⅢ說道。

「違逆神明就是會遭到天譴啊。這下你學到一課了吧，金三？」

雖然我自己也不是什麼信仰很深的人，但這傢伙明明聽說猴是神明，雖說是異教卻也打算殺了對方。而且他還抱著要利用「緋彈的亞莉亞」的力量，讓死者復活，這種連神都會感到害怕的野心。

對神佛也太驕傲自大了一點啊。

「呿！」

GⅢ把視線從我身上別開後，九九藻抱住了他，固定姿勢。

接著，從黑鷹上傳來馬達轉動的聲音——

GⅢ與九九藻就這麼從車上被吊上去了。

「關於此事，咱會與伏見進行商談。唐或天竺也有可能會派遣使者過來。汝去聯絡姊姊七九藻與八九藻，要汝等從二位以下之人別擅自引起騷動。用電話聯絡即可。」

玉藻對著升往上空的九九藻命令了一些事情後——接收了那兩個人的直升機就再度變得透明，消失在黑暗的夜空中了。

隨後，我用手機跟亞莉亞取得了聯絡——

沒想到她居然在追蹤開車逃逸的藍幫，而且是用她那套飛天裙。

不過，畢竟那裙甲是以故障發生率出名的平賀製品。據說在途中掉了一片裙翼，結果亞莉亞就墜落到東池袋一條叫乙女大道的路上。

最後，就讓那群人給逃掉了。

「車上有昭昭、諸葛……還有一名穿著名古屋女子武偵高中短版水手服的女孩子。那女孩好像是昏倒了，是個像小學生的孩子呢。」

聽到自己也像小學生的亞莉亞這麼說……

於是我立刻警告亞莉亞，那個小不點是多麼危險的人物。雖然不清楚她為什麼會昏倒，但要不是這樣，亞莉亞現在搞不好也被那雷射光射殺了。

亞莉亞認真地聽我說完後……

「——知道了，我會注意。另外，金次，你就把車子留在那裡吧，我會叫外務省想辦法收拾的。你不要再回去剛才的現場，馬上回家。要是你被逮捕了，事情會變得很麻煩呀。」

聽到她這麼說，於是我遵照命令下了車……

要是因為別的嫌疑而遭到逮捕也很麻煩，所以我就叫外表像小學生的玉藻變成護身符的樣子，然後徒步走夜路回家了。

我一邊走，一邊用手機確認著新聞網站——今晚的槍戰果然還是被報導出來了。不過因為沒有死人，所以也沒占什麼篇幅。這就是現在的日本可悲的現實啊。

而且除了那篇「鏡高組疑似發生內部鬥爭」的報導之外，就沒有後續報導了。也沒有任何人的名字被提到。

看來……

這應該是外務省對媒體施加壓力了吧。而對外務省施加壓力的——就是剛才墜落在乙女大道上的粉紅雙馬尾了。

我用電話告訴金女GⅢ被雷射擊中的事情——結果她居然頗輕鬆地回應了我「GⅢ常常會這樣」之類的話。

不過她似乎還是有點擔心，於是說她明天要出發去祕密基地探望GⅢ了。

聽到「祕密基地」這種亂七八糟的名詞，害我差點沒昏倒過去。但仔細一問，似乎在太平洋的話就是在檀香山，在大西洋的話就是在哈瓦那的樣子。

聽到她這麼說，我對受傷的GⅢ就完全不感到同情了——

（那個混蛋，盡挑那些像樂園一樣的地方當陣地……）

就在我回到家門前的轉角路口，準備轉過去——之前，我停下了腳步。

在我家門前，停了一臺沒什麼特徵的黑色Crown……

還有一個人物對站在門前的爺爺低頭致意後，坐進車子的後座了。

似乎是有客人來過的樣子。

（在這種深夜，是誰啊？）

我從轉角處窺視，但看不太清楚。

雖然憑著月光看得到那人物的側臉，但實在沒什麼特徵。我好像見過，又好像沒見過。是一名身材中庸，也不知道該說是大叔還是大哥的男子。

而車上除了那名男子與駕駛之外……

（嗯……？坐在副駕駛座上的那個人……）

因為光線昏暗的關係，我看不太清楚。不過那……是不是有點像不知火啊？

我還來不及進行確認，車子就起步出發——

「——金次啊。」

接著，背對著我的爺爺就對我搭話了。

哎呀，對當過兵的爺爺來說，我的躲貓貓根本就是兒戲，完全被他看得一清二楚了吧。

於是我很平常地轉過轉角，走到家門前。

而爺爺並沒有斥責跑出去『**夜遊**』的我……

「老子差不多也該問問你了。你在新的學校，學到了什麼？」

而是吐著白煙，問了我這樣一句話。

感覺什麼事情他都看在眼裡啊。

「……微分方程式、更級日記、還有……——**我自己**。」

「好回答。」

爺爺笑著轉過來看向我。

「那麼，你也明白自己應該待的地方了吧？」

他是在暗示我——再次從這個家出發吧。

不過，他的眼神看起來好像有些寂寞的樣子……因此我點點頭，對他笑著回應。

「我偶爾會再回來的。」

「唔，隨時回來都行。老子會不斷更新春水車的寫真，等你回來啊。」

——那就免了啦。我說真的。

「呃~雖然時間短暫，不過遠山確定要轉學了。」

幾天後，班導就在放學前的班會上，對二年二班的大家如此宣告。

我——畢竟不能再給一般人繼續添麻煩，而且也已經明白了自己應該要在的地方。

因此，我決定要離開這所東池袋高中了。

從鏡高組的鬥爭事件過後，我雖然整整缺席了兩天……不過看班上騷動的情況，大概我即將轉學的謠言已經在這段時間中被大家知道了。

哎呀，畢竟我事前就有跟萌、藤木林還有朝青用電話講過啦。只要有三個人知道，全世界都會知道了。

「呃——雖然時間短暫，不過謝謝大家的照顧了。」

我做完到最後依舊一點都不有趣的招呼（話說有一半是照抄金剛的）之後——

大家紛紛「遠山！」「遠山同學！」「遠山同學~！」地，像是受到什麼衝擊似地不斷呼叫我的名字。表情就好像特攝英雄節目要結束前的小孩子一樣。

而且有點教人心痛的是……

萌趴在桌子上哭了起來，坐在她前面的女孩子不斷安慰著她。

而臉上貼著ＯＫ繃的「前」輕浮男．藤木林，以及手臂打著石膏的巨漢朝青則是……

「請您別忘了咱們的事情啊，遠山哥！」

連之前穿得亂七八糟的制服都徹底改正過來，抱住了我的身體。

我不會忘記的。或者說，我根本忘不掉啊，像你們這樣個性強烈的傢伙。

就這樣，班會結束……

等到放學後，已經是黃昏時間了。

我在教職員室，從金剛老師手上接過轉學相關的資料。原本我在這所高中取得的那些只能算是零頭的學分……稍微變多了一點。大概是對於我讓不良少年改邪歸正的謝禮吧？

我致謝後，走出教職員室。緊接著——

——跟我一起從東池袋高中退學的蕾姬，也從教職員室走出來了。

「到頭來……我還是把妳搞得團團轉了，真是抱歉。」

我為了因為我自身的問題而害她經歷兩次退學的事情道歉後……

蕾姬只是對我搖搖頭，似乎是在講「不需要道歉」的意思。

接著，她就像影子一樣，跟在我的身後了。

從窗戶透進來的夕陽光線，將我第一次來上學時就在尋找遮蔽物的校舍出入口照成一片橙紅。

走到屋外，瞥眼看了一下跟藤木林他們打過架的腳踏車停車場——

（只是短短來過兩個禮拜的學校……一旦退學，還是會讓人覺得懷念啊。）

當我接著來到曾經與萌一起走過的那條通往校門的樹林步道時……

「——嘿啊！」

「一、二～三！」

從校舍的二樓，二年二班的窗戶傳來藤木林的聲音，而右邊二年一班則傳來女孩子們的聲音。

我跟蕾姬回頭仰望，就看到……啪啦、啪啦、啪啪啪！

好幾名學生協力合作，從窗戶一張接著一張地垂下壁報。

每一張壁報上，都用片假名寫了一個字。

是我的名字——『遠』『山』，以及蕾姬的化名——『矢』『田』。

那是要為我們兩個人送行的掛報啊……！他們居然還特地做了那種東西嗎？

「遠山——！」「矢田～！」「遠山！隨時都歡迎你回來玩啊——！」「矢田同學！哪天一定要開場個人展喔～！」「遠山同學——！」「矢田同學——！」

不妙，總覺得……

眼眶有點溼潤啊。雖然蕾姬依舊是一臉呆滯地抬頭看著啦。

不過仔細一看，那「遠山　矢田（不要）」，好像是在拒絕我一樣——害我忍不住苦笑了一下。

結果，我這才發現。

我在這間學校，一直以來都沒有笑過啊。

但是在最後的最後，多虧大家，讓我可以對大家露出笑臉了。

謝謝你們。

開拓了我的世界，讓我學到很多事情的這所高中，我一輩子都不會忘記。

即使經歷過再多的犯罪現場、開過幾百萬次的槍也學不到的事情，這所高中卻告訴我了。它讓我學到了比任何事情都重要的東西，那就是我自己。

沒錯，這裡對我來說，也是學習的場所——毫無疑問地，就是我的學校啊。

學歷變得莫名其妙的我跟蕾姬，這下真的沒有學校會願意接收我們了吧。原本是這麼想的，但是——在都內卻唯有一所莫名其妙的學校，對我們表示了熱烈歡迎。

不用說，當然就是東京武偵高中了。

簡單來講，就是回老巢啦。明明當初是我自己說要離開的，卻轉了一圈又回到原地。真是丟臉透了。

當我打電話到教務科的時候，接起電話的蘭豹竟是情緒高昂得像是在大叫「等你好久啦！」一樣。話說，你們這些教職員，一定是拿我跟蕾姬會不會回來的事情賭了一把對吧？

順道一提，我跟蕾姬似乎都免除了學科與術科的考試，只要通過面試就能夠再入學。真是像鬆掉的橡皮筋一樣鬆散的學校。

甚至連我們之前付過的學費都**還算數**的樣子，因此不用再追加支付了。你們這根本就是以學生會回來為前提所制定的一套系統嘛。

話雖如此，但畢竟之前退學時有過蕾姬的那場教訓，因此這次我們接到的命令是要兩個人分別接受面試。這也是沒辦法的事情。

於是到了面試當天的早上，我送蕾姬離開後，來到位於池袋的槍炮店消磨時間——

等到中午過後，才走向池袋車站。

（……嗯……）

我雖然察覺到有某位國中女生在跟蹤我，不過我好像發現得有點晚了。

（果然，那位**妹妹**很有當偵探的才能啊。）

就在我如此想著，並從丸內線的月臺坐上池袋發車的電車時……

「……遠山同學！」

踏踏！踏踏、踏——

之前坐在我隔壁座位的望月萌，從樓梯上跑下來了。

她身上穿著制服。從時間看來，她似乎是早退的樣子。

剛才在監視我的人，就是她的妹妹——咲。所以我是有預料到萌也會出現啦，可是……

（——不行。我不能再跟她繼續有什麼瓜葛了。）

我們所處的世界是異常而危險的，萌他們所在的世界是正常而安全的。

雖然我這麼說不是在學烏魯斯的諺語，但「那邊」的人類是不可以到「這邊」來的。

因此，我閉著嘴巴，只用雙眼看著來到我面前的萌。

「那、那個呀、呃、是彩告訴我的……對不起，我才真的像個跟蹤狂一樣。」

萌似乎也明白了我的意思，而沒有踏入車廂中。

就在她看著我身上穿著跟那天晚上一樣的防彈制服，露出有點疑惑的表情時——

『2號線為十二點五十六分，開往荻窪的回程列車。請稍候發車。』

沒什麼人影的月臺上，傳來了車站的廣播。

看來距離發車還有一段時間，於是我……

「警察方面，雖然我的同伴好像幫忙處理過了……不過在那之後，有沒有到妳家過？」

因為那天晚上，萌在鏡高組的庭院中也違法開過槍——所以我稍微確認了一下。

於是萌搖一搖頭，讓她輕飄飄的鮑伯頭跟著飄了起來。

「那妳身邊有發現什麼可疑的狀況嗎？」

「什麼事都沒有，不用擔心。」

根據新聞的記載，鏡高組的幹部們似乎全部遭到逮捕，資金也遭到凍結。

當時沒有在場的組員們也因為沒有金錢可以周轉，大家都無法再繼續幹黑道而準備解散了。

——不過，菊代好像靠司法交易跟保釋金得到解放的樣子。

這是她本人寄郵件告訴我的，內文中還加上了「我好寂寞，想見你」這樣一句話……我是還沒有回覆她啦。

『2號線，開往荻窪的回程列車即將發車。請要上車的旅客盡快上車。』

在車站廣播的催促之下——

「遠、遠山同學。」

萌毅然抬起頭來。

雖然沒有像亞莉亞那樣漫畫式地臉紅，但她還是「嘩……」地染紅了臉頰。

接著，她彷彿下定了什麼決心似地……

「那、那個！可以……給我嗎！」

不知道為什麼，她用雙手緊緊包住了我外套的第二顆鈕扣，說出了這樣一句話。

還、還真是唐突啊。為什麼在道別的時候會想要防彈鈕扣這種東西啦？

不過，畢竟之前發生過那麼多事情，我也想對她致上一點歉意——於是我用力扯下我的第二顆鈕扣，放到萌柔軟的手上。如果這種東西也能讓她滿足的話啦。

「……遠、遠山同學……！」

明明就是萌自己開口要求的，可是她居然對於我毫不猶豫地把鈕扣送給她的事情表現出很驚訝的樣子。

接著，她雙眼皮的眼睛變得溼潤起來——將鈕扣抱到她又豐滿又柔軟的胸口上。彷彿是在祈禱般，用雙手將鈕扣握在手中。看起來就像是得到了什麼萬分珍貴、人生中最貴重的寶物似地。

——嘟嚕嚕嚕嚕——

聽到電車即將發車的鈴聲，萌露出一臉焦急得快要哭出來的表情，凝視著我。

『2號線的電車即將關門，請旅客不要再上車。』

「那、那個——我、我還沒、我還沒說完。我還沒有好好把話表達完呀！」

鈴聲停息，在我跟萌之間——

「……我、對遠山同學……！」

──電車的門應聲關閉。

隔著玻璃車窗，我看到萌櫻紅色的雙唇依然在動。雖然我已經聽不到她的聲音了。

我想，萌應該說完了吧？說完她想對我說的話。

但是，我刻意沒有去讀她的脣語。

因為我認為，那對萌來說，一定是必須好好用聲音傳達的事情。我已經不想再對她做出偷讀脣語這種**壞事**了。畢竟她真的是──非常**好**的一個女孩子啊。

我乘坐著百合鷗號，經由新橋，來到台場。

從已經充滿聖誕氣氛的台場，轉乘單軌列車來到人工浮島上的武偵高中。

──回來啦。

這股實在稱不上是教人精神爽朗的海潮味道，也讓我的臉頰忍不住放鬆下來。

從浮島北車站經過偵探科校舍前，進入教務科──與高天原老師會合後，去向綠松武尊校長打了一聲招呼。對校長「哦，原來是這樣的人啊」這種難以言喻的印象，也在走出校長室之後就當場消逝了──

隨後，我就與擔任班導的高天原佑彩老師進行了一場形式上的面試。

雖然跟身為眼鏡美女的高天原老師兩人獨處，對於我的爆發模式上有點「那個」──

不過我想我還是乖乖接受面試吧。畢竟現在我的立場上沒什麼資格抱怨啊。

「宿舍方面，你可以繼續使用你原本的房間喔。因為學生回校率很高的關係，在規則上會讓退學者的房間暫時空個一段時間的。」

果然，學校早就預想到我會再回來了。

「表面上就當作是你結束了祕密任務，所以你在學校裡要『表現得什麼事都沒發生過（Dry eyes）』喔。只要你這段時間不要做什麼太顯眼的事情，應該就不會露出馬腳了。」

要我不要太顯眼，我可是非常在行的。畢竟我本來就是個存在感稀薄的人啊。

我這個人不管在或不在，大家應該都不會有什麼感覺吧？這方面我是很有自信的。

因此，我很有精神地回應了一句。

「是，我明白了。」

結果——

「哎呀，回答得真不錯呢。話說，遠山同學，你是不是變得稍微比較帥氣了一點呀？」

「什、什麼？」

「呵呵呵。通常出去再回來的學生當中，會分為變得完全沒自信而徹底被打敗的例子，還有不在意別人的想法而變得更進步的例子——看來遠山同學是屬於後者呢。」

高天原開心地瞇起眼鏡底下的雙眼後……

「對於這樣的遠山同學，我有一個很棒的消息要告訴你喔。鏘鏘～」

她用嘴巴發出效果聲，同時拿出一份裝在國際信件信封中的資料。

寫在信封上的文字……我看不懂，不是英文啊。哎呀，就算是英文，我也照樣看不懂就是了。寄信人的住址是……Gardone Val Trompia, Italia……義大利？

「請問這是？」

「……在武偵高中，不知道為什麼就是很難爭取到獎學金不是嗎？」

什麼叫「不知道為什麼」啦……老師。

妳以為正常的公司企業，會願意出錢給教育學生開槍&打架的學校嗎？

「社會上好像都誤會我們是讓年輕人的生命暴露在危險之下的骯髒學校呢。」

這樣的認識，有哪裡算得上是誤會啦……？

「所以說，我們對於從日本企業爭取獎學金這種天真的想法已經放棄了。畢竟法律上的限制也很嚴格呀。」

這判斷真是太正確了！

我不斷忍耐著想要吐槽的衝動，只能「是」「您說得對」地敷衍回應著。因為這話題好像是跟錢有關啊，我就盡量配合她吧。

面對左右雙眼都浮現出金錢符號的我，高天原豎起信封亮到我面前。

「而解決的對策，就是這個贊助契約囉！」

贊助契約……？

「武偵高中會將前途看好的學生們介紹給各種企業，建立以廣告費為名義獲得經費的制度。而遠山同學就是從這間皮埃特羅·貝瑞塔公司獲得了『在畢業之前，得以每個月無利息借貸一千歐元』的提案喔！這就是關於那個提案的評價書、契約書等等的資料。」

嗚喔……！

一千歐元，不就是十萬日圓了嗎！

就算以後必須要歸還，但既然不用算利息，我當然沒有不借的道理啦。

「內容已經幫你翻譯好了——『根據美國國防部的資料，該位愛用貝瑞塔M92的少年已經在亞洲圈SDA排名中名列一〇〇名以內，在英國安全局中也被列為準危險武偵名單的C下位等級（同級最年輕人物）等等，因此推斷為在高級武偵的視野範圍內有多次機會進行射擊的人物』——」

何止是有多次機會，我可是和那個以「亞」字開頭的S級武偵每天開槍啊。哈哈哈哈哈。GⅢ甚至是R級的武偵哩，貝瑞塔公司。

……

…………

……不行了！話說到最後，我都快要失去意識而想要漏聽，但實在沒辦法裝作沒聽到啊！我還真希望我沒聽到這些話！「準危險武偵名單」又是什麼鬼啊！

「──『同時，日本與美國亦在考慮，要將此少年列入同等資格名單之中。』」

因為高天原繼續說著這些我不想聽到的話，於是我只好裝作在搔我的耳洞，「啊──」地小聲嚷嚷，阻止情報侵入我的腦袋。

（應、應該說完了吧……）

我輕輕地將手放開耳朵後……

「──『對於其超人性、藝術性的射擊技巧，敝公司推斷應當能藉以對武偵界宣傳敝公司槍械之優秀性能，故在此提供廣告經費。追記：如遇殉學之狀況，則一併歸還。』上面就是這樣寫的。怎麼樣？你要簽名嗎？」

高天原露出一臉微笑，將那封義大利文寫成的契約書拿給我看。對於她自己剛剛唸出來的這些文章，似乎一點都沒有感到有什麼不妥。真不愧是武偵高中的老師，有夠瘋狂。

（不過，哎呀……這個嘛……）

年紀輕輕的十七歲就已經被上頭的人盯上，暗示自己的人生早已結束啦；既然說什麼藝術性的話，就別只是每個月十萬日圓，應該借更多啦；寫說殉學的話要還錢，是要叫誰還啦……雖然有很多可以吐槽的地方……

不過我還是……

「我願意簽名，謝謝。」

「好，原子筆拿去。用漢字簽就可以了喔。」

從高天原手上把筆借過來，在契約書上簽名了。

我知道，我知道啦，老師。您不需要用您那溫柔的雙眼隱約露出可怕的眼神，這樣會讓難得漂亮的臉蛋都被糟蹋掉啦。

（——既然會在這種時間點上幫我準備好資金，意思就是……）

這應該是教務科對曾經脫逃過的我提出的一種警訊吧？「既然都給你錢了，你可別又拍拍屁股走人囉？」這樣。

我不會再離開了啦。

甚至應該說，這下也讓我做好覺悟，要繼續當武偵了。我就欣然接受借貸吧。

從今以後，我就挺起胸膛宣告「M92F才是世界第一的名槍」好了。

雖然我當初會買這把槍……其實是因為它是美軍制式採用的手槍，流通量比較多，手槍本體跟零件比較便宜的關係啦。

後來因為我也用它開過不少槍，已經用得很習慣，所以它現在才徹底變成我的愛槍了。

「另外，這是我從去紐約的南鄉老師那邊聽說的——國際武偵聯盟（IADO）正在討論，要給遠山同學取一個稱號喔。據說已經有一個非正式的稱呼，而現在準備要把它正式化的樣子。才十七歲就有稱號，還真是快呢。好棒好棒。」

「這樣啊……不過亞莉亞……神崎同學好像十四歲就有稱號了啦。」

啊……什麼稱號，真是討厭啊。感覺像是中二病一樣。

話說，這個遠山金次急速國際化，應該是因為「那個」吧？

就是我在相模灣上空，跟GⅢ打的那一戰。應該是美國的偵察衛星拍到了我的長相，所以美國國防部閒閒沒事的職員就把我過去的影像找出來了吧？

現在回想起來，我過去在光天化日之下……也就是在衛星底下大打出手的事蹟也不少啊。

像是在伊．U甲板上的那場乘方彈幕戰啦、在新幹線上的戰鬥啦。

還有跟弗拉德的戰鬥，還有希爾達的戰鬥，應該都有被他們從雲層縫隙中看到一點點吧？

於是，我過去的那些胡鬧動畫——像是『徒手讓飛來的子彈回頭』啦、『利用搥打讓導彈偏向』之類的畫面都被收集起來，然後被分享給槍械製造商、相關國防單位或是國際武偵聯盟了吧？

（……啊——……）

正如上個月GⅢ說過的……我已經漸漸變成出名人士啦。在地下世界中。

高天原老師看到我露出有點壞掉的笑容，於是……

「你的經歷好像變得不太正常了呢，遠山同學。不過你別擔心，表現出眾的學生們，通常經歷上都不太正常的。」

於是她用天使般的微笑，對我激勵著。

雖然說，聽到她這句話的我，甚至變得更加沮喪了啦。

（在這所滿是怪異人士的學校中，都被認定為『不正常』的我，真的是……）

——我啊，經歷過一般學校的生活，而下定了決心要繼續以武偵的身分活下去了。畢竟我也沒別的長才。

但是，既然要當武偵，我比較希望是當一名「普通的武偵」啊。

我這樣想應該沒錯吧？畢竟要是變得跟周圍格格不入，就完蛋啦。怪異的人總是會受到大家另眼相待，這就是日本人的習性。

因此我從今以後，必須要以「普通」為目標才行。

雖然這在意義上跟我過去希望成為平凡上班族的夢想不太一樣，但要是被列入「非人名單」的排名者，就真的在這個國家混不下去啦。

沒錯，我以後的目標應該是普通的武偵企業才對。然後——

（我要成為一名普通的保鑣，或是普通的保安員啊！）

我在心中抱著這樣全新的決心，抬起了頭。沒錯，這樣就行了。要向前看啊，金次。

話說，我最近是不是在精神上變得相當耐打啦？

任何事情都有很多種看法。既然我在一間不普通的學校被認定為不普通，那搞不好就代表我其實很普通啊。人家不是常說負負得正嗎？

哎呀，雖然負數如果用相加的話，就是超級負數了啦。

結束了這場在心理上莫名造成巨大負擔的面試後，我走出了教務科……

夕陽下的天空萬里無雲，世界被染成了一片橙紅色。

昨天離開東池袋高中時的夕陽看起來充滿寂寞，不過現在再度回到武偵高中看到的夕陽就有種溫暖的感覺。彷彿是在對我說「歡迎回來」似地——

「歡迎回來。」

我聽到聲音而轉過頭去，便看到在夕陽底下微妙地形成保護色的粉紅雙馬尾。

「……亞莉亞。」

穿著水手服的亞莉亞，正靠在聯絡公布欄上看著我。

她大概是看到我回到武偵高中，所以在教務科前面等我出來的吧？

因為我剛剛才被命令要「裝作什麼事都沒發生過」，於是……

「我回來了。」

我只是對她微微笑，如此回應了。接著……踏踏踏踏……

步伐較小的亞莉亞，踏著比平均女孩子更多的腳步，跑到我面前——

啪！

翻起水手服的領結，從正面抱住了我的身體。

「喂……？」

雖然說是「抱住」，但因為我跟亞莉亞的身高差了一個半的頭，所以她感覺比較像是抓在我身上啦。

「……」

在漸漸昏暗的天空下，亞莉亞默默不語地將臉埋在我的胸膛上。

從她的秀髮中，傳來梔子花甘甜的香氣……

「……不要再、離開我了……」

亞莉亞彷彿是想把願望埋入我胸口似地，小聲呢喃。

但是，那聲音實在太小，讓我聽不太清楚。

而我這麼回問之後，唰！

「不要再……什麼？」

亞莉亞就忽然抬起她那張快要哭出來的臉——

「——不要再！」

叫到一半，她才又露出總算發現自己正緊緊抱著我的表情。

接著，在我斜下方不到十公分距離的臉就……噗、嘩、唰……

隨著心臟每跳一下，而染上一層、又一層的紅暈，越來愈紅——

或許是因為每次都只有臉紅這一招也會覺得膩，她的表情也跟著起了變化……

……變得不知該說是般若，還是仁王的憤怒表情……！

「金～～～次～～～～！」

嘰、嘰嘰……

她抓在我背後的一雙小手手，就像要折斷鋼筋的大樓拆解重機械一樣，漸漸勒緊……我、的、身體……！

「痛、痛！痛啊！喂、喂！亞莉亞！住手！不要用折腰技啊！背脊會被折斷、等等！剛才『喀』了一聲啊！我的背啊！」

「——呀啦！」

隨著亞莉亞自創的吶喊聲——碰磅！

我硬生生地吃了她一記從熊抱轉為翻身背摔，一臉砸在地面上。

然後，仰天倒地……為什麼會這樣啊？

好不容易才讓雙眼恢復定焦的我，看到亞莉亞雙腳開開，站在我的頭旁邊，維持魔鬼般的表情，露出嗤笑。要是對亞莉亞的個性還不習慣的人看到她這張臉，搞不好

就會當場尿失禁了。接著──

唰！

她忽然掀起自己的上衣，露出她小小的肚臍。

……呃……這是在幹麼？

是什麼新型態的痴女遊戲嗎？那種事情，拜託妳去跟理子玩吧。

「你說雷雲會把肚臍割掉是吧？還真是有趣的玩笑呢，金次……！」

……啊──……

那是我在巢鴨的老家打電話給亞莉亞的時候──

為了要嚇嚇她，而說過的話啊。

「後來，我拿這件事去跟白雪還有理子確認之後，你知道我被她們嘲笑成什麼樣子嗎……！你知道我被她們說了多少次『幼稚』啦、『幼兒』啦、『幼女』什麼的……！」

亞莉亞背對著燃燒的夕陽，太陽穴上浮現出『D』字，脖子上浮現出『I』字型的血管。

而且那些血管還因為極度的憤怒，而不斷跳動著啊。

「不不不，我只是想要告訴妳有關日本的一些迷信文化而已……妳要生氣的話，應該要去跟嘲笑妳的白雪跟理子──」

我的話還沒說完，亞莉亞就……做出了踮起腳尖的動作。她小時候是有學過芭蕾嗎？

「……」

這片寂靜是怎麼回事啊？恐怖得教人說不出話來啦。

就在我「咕嚕」地嚥了一下口水的同時，亞莉亞真的就像在跳芭蕾一樣——

不斷原地轉圈、加速。

「看我在你的肚臍上——開出一個大洞！」

咻咻咻咻咻——啪！

她的雙馬尾跟裙襬都隨著離心力大大敞開，接著她就一邊迴轉，一邊跳起。

讓腳尖像電鑽一樣——唰！

瞄準倒在地上的我、腹部的肚臍刺下來啦！

（內——「內臟迴避」——！）

——我做不到啊！

噗唰啊啊啊！

被亞莉亞的腳尖狠狠踏中，而深陷大地之中的我……發現在教務科的二樓，似乎

同樣也完成祕密任務的不知火正一臉微笑地看著我們。

我在臨死前拚命集中精神讀取他的唇語……『這樣一來，事件落幕了』？

那傢伙，竟敢搶我的臺詞。

話說，這情況哪裡看起來像是「事件落幕」啦？你給我去眼科，不對，去腦神經外科好好檢查一下啊！

回到久違的第三男宿舍房間，正當我準備稍微休息一下，而解開襯衫的第一顆鈕扣後——

「嘿喲。」

我的脖子上忽然出現了一條像圍巾一樣的狐狸尾巴。超熱的！

尾巴不斷冒出來，圍在我的脖子上。根部接的就是一個交通安全的護身符。我本來還以為那會跟著尾巴一起繞到我的背後，結果……澎！

它竟然冒出些微的水蒸氣，變成了身穿迷你裙和服的玉藻。

超現實，太超現實啦。簡直就跟希爾達的影子變身一樣，是超現實系列·Part2啊。

「遠山家的，咱現在要前往京都去了。雖然伏見是隻光只會化妝顧外表、教人頭疼的妖狐——不過卻是個智者。而且天狐的八大州評議，慣例上都是在伏見稻荷那兒舉行的呀。」

「我雖然完全聽不懂妳在說什麼，不過總之我現在總算把妳驅逐掉了對吧？」

「汝信仰不足呀！天譴！」

啪！

玉藻拿起插在她腰帶上的御幣，狠狠捶了一下我的臉。怎麼會有這麼直接的天譴啊！

「就是這樣，來，添些香油錢給咱當旅費吧。咱想搭新幹線，另外還要有些錢給咱買炸豆腐，好在會議上吃呀。」

說著，玉藻轉身就把她背上的賽錢箱對著我——

「汝不是從『背銳塔公司』那兒拿了錢嗎？快快捐款吧。」

——我還來不及說「我沒錢」，就被她搶先了。我確實是有金錢來源啊，真該死。

哎呀，而且我們之所以會被猴攻擊，有一部分也是因為我跟我那愚弟刻意挑釁的關係啊。於是我只好拿出大概可以搭乘新幹線的車錢（單程兒童票），塞到玉藻的賽錢箱裡了。

明明我就還沒有拿到獎學金的說，現在卻要從我的儲蓄中倒扣啦。

「遠山家的，仔細聽好。根據咱的感覺——猴似乎已經離開了日本，前往香港了。畢竟她本人貌似意識朦朧的樣子，因此咱想那些中國人應當是與之同行了吧。」

那些傢伙已經到香港了嗎……

我多少可以理解他們快速撤退的意義了。

藍幫是發現巴斯克維爾的領隊……也就是我轉學，跟同伴們分開了，而認為這是一個好機會，所以就透過跟他們有交易關係的日本黑道——鏡高組，帶著猴一口氣攻到東京來的。

但是，猴卻忽然變得狀況不太好，於是他們又退回香港了。

要是猴的狀況轉好，他們應該隨時都會再度攻過來吧？

畢竟（他們認為）他們已經殺死了一名師團的戰士（GⅢ），因此這次的進攻對他們來說，戰果也不算差才對。是一種「一擊脫離戰法」啊。

在母國的大本營靜待敵人露出破綻，而且自己狀況良好的好機會。

等到機會來臨時就大舉進攻，殺掉某個敵人之後，又立刻撤退到大本營。

只要如此反覆，就可以將師團的成員一個接一個解決掉，最後讓敵人全滅……這就是他們的作戰了。

（真不愧是中國人，還真有耐性。怪不得他們可以建造出萬里長城啊。）

但是……

這項作戰之中，存在著一個錯誤的前提。只要我們想攻就可以攻破的前提。

那就是藍幫他們並不認為我們有**攻過去**的可能性。

昭昭的老祖先——曹操所編撰的「孫子」之中，有提到天時、地利、人和這三項勝利的要素。而我們這邊可是有辦法具備當中的「天時」……也就是好時機啊。

——校外教學Ⅱ。

教務科為了平常過著充滿殺氣的生活、而每年聖誕節都沒有什麼預定的武偵高中學生們所安排的活動之中……二年級以上就是校外教學了。

據說這是出於一種武士的仁慈，好讓我們可以宣稱「聖誕節有預定計畫」，所以才決定在這個時期舉行的樣子。

而我本身對聖誕節也沒什麼美好的回憶。去年因為大哥的失蹤事件而讓心情陷入了谷底，小時候也只有老爸偶爾會買蛋糕回家的記憶而已。其他時候，就只有感覺平日街上莫名吵雜罷了。

說到這個校外教學，就是讓各小隊自行從海外──上海、香港、臺北、首爾、新加坡、曼谷、雪梨這些地點中挑選一處，分別前往了。雖然二年級只能挑選亞洲、大洋洲的地點而已，不過聽說三年級就可以到美洲或歐洲的樣子。

另外，在校外教學之中並不會有教師帶隊。

或者應該說，本來是有的啦。只是那些教師們好像都把校外教學當成是員工旅遊，而整天都只顧著玩耍而已。而且他們還留下了各式各樣的傳說。

（像是綴在首爾吃下了一整頭牛分量的肉膾啦、Chang Wu靠徒手攀爬過臺北101啦、喝醉的蘭豹在新加坡動物園跟大象上演過一場相撲之類的……）

話說，跟大象相撲，對方不是從一開始就把前腳放在地面上了嗎？

順道一提，這位蘭豹雖然是香港一個叫「貴蘭會」黑幫的千金，但不曉得她究竟是做過了什麼事，竟然被**禁止出入香港**了。也因此，在校外教學II當中，香港可說是相當受學生歡迎的地點。那傢伙每次只要參加過什麼相親派對或聯誼活動，就會在日本也增加一堆禁止出入的店家。我看她遲早會讓地球上除了戰場以外的地方都列出禁止出入的命令了。

而在蘭豹今年又負責帶領的新加坡隊伍中——

據說由貞德、中空知她們五名女生組成的通信系小隊「星座(Constellation)」會參加的樣子。根據我在電話中聽到，貞德似乎打算在那裡跟伊．U鑽研派的殘黨會合，並招募未來參加極東戰役的志願兵。

至於遭到眷屬的一派——藍幫攻擊的我，也想要好好討論一下相關的事情。於是就在二年級聯合舉行的小型體育測驗結束後的放學時間——

有史以來第一次，主動召集了巴斯克維爾的各個成員。說是「要召開作戰會議，立刻過來」這樣。

這在某種意義上，算是我洗心革面的再度處女戰啊。

身為巴斯克維爾的領隊，就讓我凜然地完成這項工作吧。

（我完全選錯了提出召集令的時機啦……！）

看到那群穿著體育服來到我房間的巴斯克維爾成員們，還有身為外部團體聯絡窗口的貞德（伊．U鑽研派）與華生（自由石匠），我只能逃到牆邊又趴在地上，甚至想要就這樣龜縮起來暗自哭泣啦。

雖然我早就做好六女．一男的覺悟了……

可是女主角們全都穿著體育服前來集合的狀況，簡直就像是理子愛玩的遊戲中會出現的場景啊——就算畫成事件插圖，看起來應該也很誇張吧？這是哪門子的集會啊！

我想舉行的是作！戰！會！議！的說！

「妳們為什麼沒有換好衣服再過來啦……！」

聽到我這麼說，身穿體育服、把頭髮放下來，徹底變了一個角色的亞莉亞就……

「沒辦法呀，女生更衣間壞掉了嘛。」

把她的櫻桃小嘴扭成「ㄟ」字型了。她身上還是穿著半短褲&T恤勒。

啊啊，該死的亞莉亞，今天也超可愛的啊。

雖然她平常的雙馬尾也很可愛，但現在把頭髮放下來之後，粉紅色的表面積就一口氣增加，讓她看起來超有女孩子氣，也讓人覺得很新鮮。說真的，為什麼亞莉亞就是可愛到做什麼事都會讓人想原諒啦？雖然只有外表而已就是了。

另外，對於亞莉亞的發言中，「房間壞掉」這樣的表現，可能對一般人來說很奇怪。但畢竟這裡可是武偵高中，房間在物理上是可以被破壞的。像是在反裝甲車火箭炮的射擊訓練中發生誤射之類的狀況。

「就是因為你又是『作戰會議』又是『立刻過來』的，表現出對武偵行動很積極的樣子，害大家都在擔心你是不是『撿了什麼怪東西來吃，變得不正常了』啊。所以我們才會顧不得要換衣服，趕快過來的。」

把衛生科的醫藥箱都拿過來的華生如此說著——她雖然依舊是裝成男生的樣子，但實際上卻是一名短髮美少女。這種充滿倒錯感的危險氣息，算是適合上級玩家的角色啊。

不過這兩位英國人，以及蹲坐在牆邊的蕾姬，對爆發模式上來講還算是比較安全的類型。畢竟她們都是穿著半短褲配T恤這種一般性的體育服。

然而，在另一旁的胭脂色、深藍色以及粉紅色的——

（白雪、貞德、理子……！）

——運動短褲（布魯馬）三人組！

那根本就是因為偷拍事件而步入絕跡的二十世紀體育服啊！

至於為什麼會遭遇偷拍事件，光是看那簡直就跟內褲一樣的設計就能推知一二了吧！

雖然我很想就這樣對她們進行說教，但3對1的情勢還是太差了。

跪坐在地上，讓原本就充滿肉感的大腿又顯得更加肉感的白雪。

坐在矮凳上，彷彿是要強調白種人特有的白皙長腿的貞德。

像是在刻意凸顯自己的呆傻，而穿著粉紅色燈籠型短褲的理子。

如果想要說明到讓她們每個人都理解「為什麼遠山金次不希望妳們穿那種體育服」，我看就算是池上彰（註1）也辦不到吧？所以我還是放棄好了。

於是，我只好按著疼痛的腦袋，在沙發上重新坐好後……

「——所謂作戰會議，就是關於極東戰役的事情。」

用銳利的眼神如此說道。

結果她們這群人就彷彿是要展開在我面前一樣，聚集到沙發或地板上。

而這樣的位置關係對我來說實在是很不幸，因為我就在她們的冷氣吹孔下風處啊。

嗚嗚……在體育課中流過一場汗的女孩子們……

散發出梔子花、桃子、香草、薄荷、柑橘跟肉桂的香氣。

全部調和在一起，簡直有如女孩香味的交響曲。

雖然我這樣講可能會被人說是女性歧視，但對於討厭女性的我來說，這甚至會讓我想吐啊。

然而，在全員集合的時候忽然嘔吐，也太奇幻了吧？

註1　日本知名新聞從業人員，出身NHK。其新聞解說廣受好評。

2ーB
ジャンヌ

因此，我只好盡量憋著氣說道。

「──我們主動出擊吧，目標就是藍幫。」

「為什麼你要突然用鼻音說話啦？」

結果被亞字頭的人潑了一桶冷水……

「吵死了！人的鼻子總是會有塞住的時候啦。喂，貞德，關於昭昭的事情……」

我接著將話題轉到坐在沙發對面、因為運動短褲（深藍色‧側邊有白線）的構造而將腿部完全露出來的貞德身上。

「嗯。」

於是貞德晃著綁在頭後的麻花辮，對我點點頭：

「因為遠山說『有點在意，快調查一下』的關係，所以我就在情報科確認了一下……之前在校外教學I的時候遭到逮捕的昭昭三姊妹，靠著一筆龐大的保釋金，似乎再過不久就會被假釋出來了。」

「……再過不久？」

故意捉弄似地準備坐在亞莉亞大腿上的理子，很敏銳地聽到了這個詞彙。

接著，貞德便點點頭：

「沒錯，那三個人目前依然還被扣留在長野拘留所中。而我想大家應該都已經聽說了，遠山在進行祕密任務破壞了某個非指定暴力團的時候──跟昭昭見了面。『第四個昭昭』是存在的。能力不明，外觀跟其他昭昭都一樣，不過似乎有戴眼鏡的樣子。」

在場的大家都很清楚昭昭是很難對付的對手，因此現場的氣氛總算嚴肅起來了。

於是我環顧大家的臉，說道。

「不只是昭昭而已，那個叫『諸葛』的男子也讓人摸不著底細。另外還有一名光靠一擊就幹掉GⅢ、名字叫『猴』的少女。她也是——很強。根據玉藻的說法，她似乎就是孫悟空的樣子。那少女會使用一種叫『如意棒』的雷射槍。簡單形容的話，就是一種必殺技了。我想任何人都贏不過她，**除了我之外**。」

我姑且說得自己有勝算的樣子，好制止大家的衝動。

畢竟對武偵高中的女孩子們，要是不這麼說的話，大家都會爭先恐後地想要立功，結果一個接一個被打敗啊。

「猴就交給我來對付吧。弟弟的仇，由我來報。要是有需要協助的時候，我會指定幫手，到時候那個人再過來就行了。」

這樣的講法會不會太大男人主義了啊？雖然我是這麼覺得……可是大家卻都一臉「哎呀，好帥氣」地看著我，看來並不反對的樣子。對待女孩子似乎就是這種程度才叫剛剛好啊。

——不過說實話，我完全沒有贏過那個必殺技的方法啦。

怎麼可能會有嘛！說到「雷射」可是光速的攻擊啊。如果我的眼睛會射出微中子射線的話還另當別論，可是那種招式就算是美國超人漫畫也不會出現啦！

但是，我非戰不可。

老弟都被擊敗了，做老哥的哪能默不吭聲啊。

當初弟弟把妹妹打傷時，我也暴怒過了。要是我只幫妹妹報仇，卻不幫弟弟報仇，那個打傷妹妹的弟弟應該會跟我鬧彆扭吧？這話講起來還真是複雜。

「可是小金，你一開始說的『主動出擊』又是怎麼一回事呢……？」

穿著胭脂色體育短褲（側邊沒白線）跪坐在沙發上，讓人搞不清楚到底算有禮貌還是沒禮貌的白雪如此問道。

「──至今為止的極東戰役，我們都是處在被動的狀況下。這樣下去的話，跟距離較遠的敵人之間就會陷入膠著。像現在，藍幫那群人就因為猴的狀況不好，而躲到香港去了。我可沒善良到會等他們重整情勢後再攻過來啊。這可是像戰爭一樣的東西，跟講究公平的運動是不一樣的。」

我將宣戰會議後玉藻說過的話照本宣科地說出來，結果──

「聽起來好像是把誰的話照本宣科的樣子，不過你說得很好呢，金次！」

亞莉亞就用力伸出手指對著我，露出笑臉。

「攻擊就是最強的防禦！該強攻的時候就要強攻，這才叫戰鬥。我從以前就覺得，一直處於被動很不合我的性子呀！」

這位強襲科的菁英，「哼哼哼」地用鼻子吐著氣，對我的進攻提案表示全力贊成了。

同時，其他人則是……

各個都表現出驚訝的態度。而且是「沒想到小金大人會如此積極，真是太帥氣了。」「欽欽撿起來吃的東西到底是什麼呀？下次理子會偷偷放在路邊給你撿喔。」「……」「巴斯克維爾小隊的領隊是遠山呀，遺忘了好久的事情，我現在總算回想起來了。」「遠山，你該不會是服用了什麼禁藥吧……應該不是吧？」這樣，一部分，或者應該說是全員都很失禮的驚訝方式。

而我就姑且裝作都沒聽到這些話……

「因此，我決定要利用這次的校外教學II。雖然目的地有很多城市可以選擇，不過巴斯克維爾小隊就選香港了。沒有人反對吧？」

環顧亞莉亞、白雪、理子與蕾姬，如此宣告。

「好呀！」「我願意追隨你到天涯海角！」「理子想吃栗子月餅！」「是。」

四個人都用各自的話語，贊成了我的進攻提案。

話說我們巴斯克維爾小隊，只要亞莉亞表示贊成，就會全員OK了嘛。

因為白雪↓對我說的話都唯命是從；理子↓因為好玩而贊成；蕾姬↓沒有意見啊。

「——遠山，我就留在東京吧。因為在校外教學II的期間，貞德也會去新加坡啊。

哦哦，留學生的亞洲參觀都市中，也有『東京』這個選項，所以你不用擔心我的學分問題了。」

關於在人選上讓我有點擔心的守備負責人上，華生自告奮勇地站出來了。

——武偵集團從大本營進攻敵陣的時候，是嚴禁全員出動的。

這當然是為了防止敵方的間諜趁隙潛入，偷走重要的物品或破壞我方設施……另外也是因為當我方成員散開行動的時候，聯絡網需要有個中樞的關係。還有，雖然這一點我不太想去考慮，不過萬一我們被擊敗而撤退到東京來的時候——需要有個人做好接應的準備啊。

因此，做為我們大本營的東京，就要隨時都至少有個人留下來看守。

而華生是不屬於任何小隊的一匹狼。

這次的狀況下，我就接受她那自由之身的好處吧。

守備負責人雖然乍看之下好像很輕鬆，但實際上是背負了「從這邊之後沒有退路可選」「為了大家，拚死也要守好大本營」的嚴苛工作。因此——

「抱歉啦，事後我會幫忙妳寫報告的。」

我對自願扛起這個重擔的華生，表示了我的謝意。

「那麼等你回國之後，要陪我一起去六本木、秋葉原還有淺草喔。」

結果華生就列舉出外國人經常會去參觀的熱門地點，還對我拋了一個媚眼。

嗚！不妙。對於華生特有的倒錯性魅力，我忍不住心跳了一下。

說真的，對於這幾個歐美人的媚眼奇襲，我實在很難招架啊。

話說，既然妳是以轉裝生的身分假扮成男生，就不要跟我來這招行不行？男生對男生拋媚眼，不是會惹人誤會嗎？雖然早就已經被不知火誤會了啦。

大言不慚地擺出領隊的架勢，宣告「進攻香港！」的我，實際上根本就沒有出過國，甚至根本沒有踏過本州以外的陸地啊。

而在巴斯克維爾小隊中，亞莉亞跟蕾姬是外國產；理子雖然是日本出生，但卻是在歐洲長大；貞德跟華生也是打從西洋來的。這樣的狀況下，我的立場勢必會變得比較弱。

然而，在任何領域中，總是會人下有人……

「小金，你看你看，看見飛機場了喔。哇～好多飛機喔……！」

把長長睫毛的雙眼睜得老大、透過單軌列車的車窗指向機場整備區的這位白雪小姐，今天早上要是沒有我帶領，光是要坐上這班列車都有困難了。這樣真的沒問題嗎？

「那裡只是整備區而已啦。機場要再更前面啊。」

順道一提，我的護照是在秋天的時候，因為教務科的命令而申請的。而白雪跟我是在同一個時期申請護照。根據我當時對她的訪問……

白雪似乎出生之後，從來都沒有搭過客機的樣子。

在這一點上，我就比較好了。畢竟我可是搭過飛機啊，就在那次劫機事件中。

（我本來是一輩子都不打算出國的說……）

可是因為學校活動、極東戰役、藍幫跟猴、老弟的殺身之仇（雖然還活著啦）——在各種理由之下心一橫，決定出發之後，我好像就變得有點期待了呢。

沒錯，就抱著能夠享受的心，從容不迫地出發吧。

然後把大大小小的事情都輕鬆解決掉，剩下的時間用爽快的心情買些香港饅頭之類的，帶回來當伴手禮吧。

另外，我也有想要參觀的地方啊。純粹在觀光的意義上。

（『百萬夜景』——）

——人說香港的夜景是美麗到足以用「百萬美金」來形容。

我在電影上是看過。在狹小的土地上密集林立著超高層的大廈，甚至延續到海岸邊。全部的大樓在晚上都會發出閃閃金光，映照在海面上呈現出兩倍的光輝。這樣夢幻的情景，在地震大國日本是絕對看不到的。

我小時候，就在李小龍的電影上看過那樣的場景。跟殉職前的老爸一起。

『——在我死之前，真想親眼目睹一次啊。』

當時老爸是這樣說過的。但他的願望最後卻沒能實現。

不過，兒子會去幫您實現的。沒錯，我一定要實現。

而且是在跟藍幫的戰鬥中獲得勝利後，帶著愉悅的心情啊。

我們抵達了早晨的羽田機場後，白雪就不斷地東張西望著。

明明就還沒到海外，她就把旅行包抱在豐滿的胸口上，很稀奇地看著機場。看來這地方她也是第一次來的樣子。

「喂，我們到了喔。」

我在三樓的國際線出境大廳打電話聯絡其他的成員後——

一如原先的預定，巴斯克維爾小隊全員在早上七點集合了。這次她們是都乖乖穿著防彈制服啦。

「真是的～正常來講都是在貴賓候機室集合的呀。」

為了莫名其妙的原因感到不開心的亞莉亞，其實在前一天就住進機場前的飯店了。因為有錢人是不會在早上五點就起床的。

而由於她住的是雙人房，還可以再睡一個人，於是蕾姬就順便寄宿了。

至於艾馬基，聽說是交給救護科一年級專攻獸醫學的宗宮鶫這個便利角色寄養。

「哎呀～小夾要我陪她一起看場刊，Comike 強迫理子通宵啦！」

嘴巴咬著吐司、在集合時間快到時才趕來的理子，一碰頭就開口說著我聽不懂的非日文語言了。

「呀哈！欽欽的護照，表情好好笑喔！小雪也是，超正經八百的一張臉呢！」

……啊！理子！

她居然不知不覺間就從我的旅行箱跟白雪的包包中，把護照偷過去了！

我趕緊從熬夜通宵而讓精神異常高昂的理子手中把護照搶回來，同時稍微吐槽了一下。

「——證照的照片本來就會照起來很奇怪吧！妳才要擔心自己勒，該不會把護照忘在宿舍裡了吧？」

結果理子卻對我賊笑了一下。

「理子用的可是在攝影棚照的大頭照呢～！有四種版本喔，欽欽想看哪一張？」

她說著，就拿出法國、美國、日本以及另一個我沒聽過的國家的護照，亮在我的面前。

我說妳啊……為什麼會有四本護照啦……

不過我想我問了也是白問，反正一定都是偽造的護照。畢竟除了法國的護照以外，每個名字都不一樣啊。這位自由奔放的怪盜小姐，根本就不會受到國界拘束的。

「啊！我的背包裡還有加奈臉的護照喔，用的是日本國籍呢。」

「……夠了。總之妳出入國的時候，別被抓包啦。」

沒三兩下就讓我開始感到頭痛的理子，接著又靠到亞莉亞的身邊。

「亞莉亞也借我看看嘛！仔細想想，我還沒看過妳的護照呢！」

如果是平常的話，亞莉亞這時候應該會拔出雙槍，大叫「不要在公共場合大吵大鬧，小心我開妳洞喔，笨蛋理子！」的。但她現在卻是——

「好啦，不要再玩鬧了，快去寄行李吧。」

頭一轉，把蕾姬帶在身邊，讓還不習慣機場的白雪像小鴨跟母鴨似地跟在身後……拖著旅行箱，快步走向登記櫃檯了。

看到亞莉亞那樣一點都不像她的反應，我跟理子都忍不住面面相覷。

那傢伙在搞什麼啊？該不會是她護照上的照片，表情真的很好笑吧？

我們在櫃檯領取了印有座位號碼、起飛時刻與登機門的登機證（簡單講就是機票了），並託付了行李後……

身上只有帶日幣的我跟白雪，被亞莉亞臭罵了一頓，然後到機場內的銀行換了港幣。這港幣跟日幣完全不一樣，同樣是二十元的面額卻有三種不同的設計。十元的紙幣甚至有一部分還是透明塑膠製的。

果然我們準備要前往的地方，真的是海外啊。

話雖如此，但飛行時間其實也只有短短四個小時半而已。我本來都覺得外國是很遙遠的，但根據要前往的國家，甚至只要學校幾堂課的時間就可以到達了呀。

我在心中抱著這些感想，通過了武偵職業專用的登機通道。

在這邊，必須要詳細登記準備帶出國的槍械、子彈跟刀具的種類與數目，實在是很麻煩。而且我們這次還是準備要去跟藍幫打仗，所以帶的東西又是重武裝啊。

「貝瑞塔1、DE1、小刀1、薩克遜劍是……中型刀劍1。子彈……呃、我帶了幾發啊？」

就在我把9mm子彈拿出來一一細數，又不小心把子彈掉到地板上的時候……

「你在做什麼啦？拖拖拉拉。」

「……」

「欽欽，我先走一步囉～♪」

亞莉亞、蕾姬跟理子似乎在事先就已經寫好申報資料，而一個個從我身旁順利通過了。太奸詐了吧！既然有這招，為什麼不早點告訴我啊！

於是我跟白雪就在這一關被拖了半天。結果……

「小金等等我呀～呼、噓……」

「喂，白雪快一點，已經開始登機了啊！」

我們根本沒時間去逛機場有名的免稅商店，就全力衝向登機門了。

可惡啊！那群該死的出國老鳥軍！

她們居然露出徹底享受完逛街樂趣的閃亮表情，悠悠哉哉地通過登機門啦。

咱們這邊的白雪可是被絆到腳，「呀哇！」一聲跌倒後……就這樣在輸送帶上自動被搬運了勒。真是太難看了。

ANA1171號班機，波音777—300ER。

在飛機上，也如實地展現出人與人之間的階級落差了。

——首先，是亞莉亞。

她居然一副理所當然地被招待到位於機體前端的頭等艙去了。

順道一提，根據我前幾天的調查，雖然價格會根據時期而有波動，但東京——香港的單程頭等艙可是要價二十五萬元啊。

而在這個世界上，一般人絕對沒辦法搭乘的包機上，還有提供另一種更高級的東西，叫豪華頭等艙，像那該死的四月時，亞莉亞所搭乘、最後被理子劫機的倫敦班機就是那個了。

我以前一直以為那個價格是單程二十萬元的，但我似乎是少看了一個0的樣子。

不過這也算是不幸中的大幸。畢竟我當時如果知道那房間要價兩百萬元的話，我一定會腦袋混亂，沒辦法像當時那樣毫無顧忌地亂開槍了。

——接著，是理子跟蕾姬。

這兩個人過去搭乘過很多次其他航空公司的班機，算是老客戶了。而這樣的資歷似乎也可以通用到ANA公司，所以那兩個人的座位都被升級到商務艙去了。

明明才短短四個小時半而已，她們居然每個人都給我過得這麼奢侈。

這麼浪費是不行的啊。妳們難道都不知道日本人的美德嗎？

遠山憲法第一條，人應當以樸質為華。（現在立法的）

「白雪，妳可別走丟啦，要是妳迷路就麻煩了。妳的座位在哪裡？」

就在我一邊問著白雪，一邊準備帶她到經濟艙的時候……

白雪忽然用登機證遮住自己的臉……全身發抖起來……

「小、小金，對不起。我、我、我因為星伽的規定……在搭乘公共交通工具時，為了預防遭竊，一定要搭乘頭等或次等車廂……不可以坐三等或是貨車廂的……！」

眼眶中含著淚水的她，遮住口鼻的機票上居然是——

商、商務艙……！連這傢伙都一樣啊……！

「對不起！」

白雪露出一副因為貧富差距這種可悲的理由，而被迫與心愛的人別離似的表情，轉身背對我……

消失在機體前方的有錢人區域了……

接著，唰——

空姐將區隔商務艙的布簾拉上，讓我就這樣被分隔在經濟艙中，看不到那群大小姐的身影了。

雖然貝瑞塔公司所謂的獎學金已經發放了第一筆資金，但為了節約而在網路上訂了最便宜機票的我……被分配到的座位就在機尾的部分、最後一排的窗邊。

而且坐在我旁邊的，好死不死居然是一名相撲力士。真不愧是以壞運氣出名的二年級遠山啊。

「歹勢，失禮了。」

雖然對我如此道歉的力士用他的巨大身軀侵犯了我的空間，但這也不是叫他縮回去就縮得回去的事情，我也不想跟他計較了。畢竟力士並不是單純的肥胖而已，那巨大身軀的體脂肪率其實比一般人還要低，是肌肉外面包覆著脂肪鎧甲的戰鬥巨人。

（強襲科的前輩也說過，『絕對不要跟力士打架』啊……）

我稍微瞥眼一瞧，就看到他甚至連手指都粗得像熱狗一樣。這太誇張了吧？

因此，我也只能把淚水往肚裡吞，小聲回應他：

「不……沒關係。」

然後被迫讓原本就很擠的經濟艙座位變得更擠了。

（體重差了三倍的相撲力士，機票錢居然跟我一樣，真是太沒道理了。）

我在心中想著這樣沒什麼肚量的事情，透過機窗眺望著開始移動的機場跑道景象——

接著，引擎聲響越來越大，飛機就像雲霄飛車一樣加快了速度。正當我心中想著「會飛嗎？會飛嗎？」的下一個瞬間……飛機就輕輕地飄了起來，飛離日本的地面。

（武偵憲章第九條——放眼世界，展翅高飛。）

沒想到……這一點竟然如此簡單就起步了。

因為「不會英文」「太忙了」這些莫名其妙的藉口而止步不前的過往，就這麼輕易地被劃下了句點。

所謂的世界，其實只要買一張票，坐上飛機——大門就會敞開了。

接著就是一片無限寬廣的世界。姑且不論前方會有什麼事情等待著我，但踏出第一步並不困難。

（世界、嗎……）

這真是值得紀念的第一步，輕飄飄地踏出步伐的瞬間啊。

哎呀，雖然我因為旁邊的這位相撲先生，而沒有辦法盡情享受這份飄浮感就是了啦。

飛機來到天空，安全帶的警示燈熄滅了。但我依然因為一旁的壓力而讓身體彎曲得像香蕉一樣，手腳軀體都彷彿木片工藝品似地被固定位置。

難道我必須要一路維持這樣，直到香港嗎？

就在我心中不禁感到喪氣的時候……

「不好意思，遠山金次先生。請您稍微過來一下……」

忽然有一名空姐走過來找我，於是我就麻煩相撲先生稍微讓一下位置……

接著來到走道上的我，就被那名空姐用「來來，請往這邊走」的手勢帶到機體中央的餐飲準備區。

在那間宛如簡易廚房的房間中，一名將制服帽子脫下來放在胸前的……副機長嗎？……對我敬了一個禮。到底是怎麼回事？為什麼我會被叫出來啊？

「──遠山先生，本人是四月的時候，在東京灣人工島上迫降的那班ANA600號班機的副機長。而本班機的駕駛員，就是當時的機長……關於那時候的事件，真是受您照顧了。」

「哦哦，是那時候的……！」

就是我跟亞莉亞第一次合作解決的事件──ANA600號班機劫機事件。

當時遭到禍害，就結果上來說算是被我們拯救的機長跟副機長，原來現在是這個航線的駕駛員啊？真是奇妙的緣分。

「做為一點小小的謝禮，我們打算讓遠山先生的座位升級為頭等艙——不知您意下如何呢？」

別說什麼意下如何了，我想那位相撲先生如果旁邊沒人坐，應該也會比較舒適吧？

因此，我決定接受了對方的好意——讓空姐拉開她剛剛拉上的布簾，堂堂正正地走過去了。

（其實不只是我跟亞莉亞，當時的犯人理子也在這架班機上啊……不過我還是不說為妙吧？）

有別於一排九人座的經濟艙，商務艙是一排七人座。

座位也因此比較寬敞，讓人可以坐得很輕鬆。

而就在我看著座位上零零星星地坐著幾位一看就覺得是公司主管的人物，並經過座位之間的走道時——

「欽欽！你是來找理子的嗎？原來你這麼喜歡理子呢～」

當中的一個座位上，一邊看著動畫電影一邊大快朵頤著機上餐點的理子忽然轉過頭來了。

座位底下還亂丟著她在機場買的零嘴空盒。

妳也太愜意了吧？雙腳還在那邊搖搖擺擺的。當這裡是自己家嗎？

「我不是來找妳啦。我是在換座位，到頭等艙去勒。」

我露出一副徹底看不起人的眼神如此說著，結果正在舔著餐盤的理子就……

「什麼～！區區一個欽欽竟敢這麼囂張！吼啊！」

用左右兩隻食指比出鬼角——坐在座位上「唰唰」地想要伸腳踢我的小腹。

在她的雙腳之間，裙下風光別說是若隱若現，根本就是徹底敞開了。於是我趕緊往前方移動，進行避難。同時，因為我把視線瞥到地板上，而發現了——

（理子的、影子……！）

居然有兩個啊。難道希爾達也跟過來了嗎？

話說，希爾達啊，妳這樣根本就是坐霸王機啦。怎麼會有這種人？只要變成影子跟著別人，世界上每個地方都暢行無阻啦。不管是電影院還是公共澡堂，都可以享受到爽啊。

就在我想著這樣小家子氣的事情，並繼續前進的時候……

「上蒼保佑、上蒼保佑……」

被我找到啦，這個叛徒。

腿上蓋著毛毯、臉上戴著眼罩的白雪，正在為了吃暈機藥而手忙腳亂呢。

看來她是因為捨棄了我而遭到天譴，暈機啦。

話說，既然妳要吃藥，就在戴上眼罩前吃嘛。

本來我還想說要捏她一下鼻子，不過既然她都已經遭到天譴了……我就放過她吧。

再說，我這種心理根本就是窮人怨富人啊。

另外——坐在更前方靠窗座位的蕾姬則是……

「……」

無所事事地從機窗看著天空，一副慵懶地發著呆。

因為她動也不動的關係，完全浪費了商務艙難得寬敞的座位。

我看妳才應該比較適合去坐經濟艙吧？

就在我心中想著這種事情的時候，蕾姬的視線透過窗戶上的反射而跟我的眼睛對上了。

然而，她卻什麼話也沒說，維持一如往常的蕾姬表情。

就只是不斷地凝視著我映在窗戶上的雙眼。

「……」

「……」

……好，反正我也無聊，就來跟她大眼瞪小眼吧。

於是我也反過來凝視蕾姬的眼睛，結果……

……唰……

咦……她竟然好像有點害臊地，把視線移到斜下方去了。怎麼會有這麼可愛的小

動物啊？

那我就繼續凝視，用視線捉弄她一下好了。

我抱著好玩的心情，從蕾姬座位的斜上方注視著她過了一分鐘左右（途中開始就不是透過窗戶，而是直接看她的頭跟臉）……蕾姬居然把頭垂下去，變得滿臉通紅了。耳機底下的短髮也跟著垂下去，遮住了她的臉頰跟眼睛。雖然她的嘴角依舊是毫無表情啦。

該怎麼說呢……這還真是讓人有點高興啊。

看來蕾姬在五人家族共同生活的我家，經歷半個月左右的寄宿生活之後，也變得越來越像個人類了。像她現在這樣表現出充滿人味的舉動，真是相當，不，非常可愛啊。

對於認識過去那個機器人．蕾姬的我來說，這實在是很有趣的一件事情。真希望未來能繼續從這位矢田小薄荷身上，挖掘出更多這樣的感覺呢。

我經過了白雪所謂的次等席，也就是商務艙後——

穿過隔間，踏入了頭等艙的空間中。

真不愧是頭等艙，光是腳底下的地板就完全不一樣了。這裡可是鋪著機艙用的地毯啊。

另外，空間的區隔方式也是超級寬敞的。在經濟艙大概可以容納五十人的空間中，居然只設置了八個座位，或者應該說是比較像可動式的床鋪。

而當中只有前方中央併在一起的兩個座位之一，有坐旅客的樣子。

換句話說，就是亞莉亞自己一個人，像是把場子包下來了一樣。

看來我之所以能夠升級座位，就是因為這裡幾乎沒有人坐的關係。

不過話說回來……這狀況讓我有點尷尬啊。

因為在這個空間中，只有我跟亞莉亞兩人獨處。

「……」

我輕輕地走到亞莉亞的座位旁一看……

……呼——呼——

亞莉亞就躺在那個像膠囊一樣的座位中，正在睡覺勒。

看起來宛如搖籃中的小嬰兒一樣。

（哦！亞莉亞的護照……）

居然就這樣放在座位旁的吧檯上。真是沒有警戒心的傢伙。

亞莉亞她現在雖然擁有日英雙重國籍，但她用的並不是印有菊花的日本護照，而是印有獨角獸、獅子與皇冠等等花紋的英國護照。

仔細一瞧，那護照看起來相當老舊，應該用了有五年了吧？

這麼說來，理子在羽田機場要求亞莉亞給她看照片的時候——亞莉亞不知道為什麼，沒有讓理子看到，而且還變得有點沒精神呢。

就讓我來看看吧。反正一定是什麼打噴嚏瞬間之類的丟臉照片吧？

趁她現在在睡覺，奮勇進攻。

（……）

於是我偷偷地拿起那本護照，翻到貼有照片的那一頁……

接著，就默默地把護照闔上了。

……

…………

（亞莉亞……妳……）

我頓時……說不出話來了。

真是抱歉，偷看了妳的護照。

不過，我覺得這樣也好。因為在某種意義上，讓我又再度下定了決心啊。

以一名武偵的身分，暫時繼續跟妳共同奮戰——這樣的決心。

就在我低頭看著熟睡的亞莉亞，輕輕地將護照放回桌上的時候……

「Momomen……咕嚕……嗯？」

亞莉亞流出來的口水又吞回口中，結果自己被自己的聲音吵醒了。這哪招啊？

「咦……金次？」

剛睡醒的亞莉亞看向低頭望著她的我，半睜半閉的紅紫色眼眸漸漸睜開到正常的大小。

「……Momomen，是桃饅（Momoman）的複數型嗎？哎呀，我明白妳很期待在香港吃到最道地的桃饅了啦。」

「你、你在說什麼啦？別說得我好像什麼貪吃鬼一樣……！」

「那妳就先把口水擦乾淨吧。」

我說著，「砰」地一聲……堂堂正正、悠悠然然地坐到亞莉亞旁邊的座位上，還像一名貴族一樣把腳翹了起來。

嗯～真是太棒了，這就是頭等艙啊。柔軟舒適的座椅，我看就算不是亞莉亞也應該會舒服得睡著吧？

「這位客人，請您讓我確認一下您的登機證。」

大概以為我是擅自到這裡來的亞莉亞，在自己的座位上不太像樣地跪坐著，模仿空姐對我如此問道。

「妳去跟機長確認一下吧，我想妳一定會很開心的。」

「雖然我聽不太懂，不過看來你是透過正當的手段坐到這裡來的呢。」

直覺敏銳的亞莉亞似乎從我的態度上理解了這件事，而像隻小貓一樣露出她的犬齒，開心地對我微笑了。

想必她是覺得很寂寞吧？畢竟在這麼寬敞的空間中孤零零的一個人啊。

話說，她的心情好像很好呢。對於飛航安全上來說，這真是一件好事。

「我說金次，你到香港之後，晚上有預定要吃什麼嗎？」

妳果然是在想著食物的事情嘛。

「我沒什麼預定，就隨便吃吃啦。」

「既然這樣，我帶你去吃吧。雖然那裡有很多看起來很好吃的餐廳，可是自己一個人實在很不好意思進去呀。畢竟香港熱鬧的店家太多了。」

亞莉亞四肢都趴在座位上，對著我說話。

因為座位真的很大，對於小不點亞莉亞來說，根本不是椅子而是床鋪了。

「那我就恭敬不如從命吧。畢竟肚子餓了也沒辦法打仗啊。對了，如果可以的話，我希望是在能夠欣賞夜景的餐廳。」

我為了老爸沒能欣賞到的「百萬夜景」而提出這個要求後——

「夜……夜景嗎？我知道了！」

不知道是因為什麼誤解而露出一臉認真表情的亞莉亞，把她原本就已經往前靠的上半身，又更往前靠過來了。

結果讓我透過她的水手服衣領看到了胸口……害我著急了一下。不過，最後安全過關了。

畢竟那裡並沒有像白雪或理子那樣顯眼的乳溝，而只有一片黑暗而已。

可是，亞莉亞似乎從我害怕的眼神察覺到了這件事情……

「啊……你又來了……！笨蛋金次……」

於是她趕緊「唰」地一聲拉起水手服的胸襟布，遮住了她的胸口。接著坐直身子，頭一轉，把她嬌小的背部對著我。

「——我這種胸部，你為什麼會那麼想看啦？我看你一定是在心中默默嘲笑我對吧？」

稍微把頭又轉回來看向我的亞莉亞，害羞地紅著臉，對我說著這樣的話……

「不……不是啦。剛才那個、呃、我不是故意的。男人無關乎自己的喜好，在本能上眼睛就是會被吸引過去啦。」

我只好搬出一般人的理論，用「這不是我個人的罪過」這樣的邏輯為自己辯護了。

「我真的是什麼東西都沒有，根本不會刺激到什麼本能吧！像白雪她就常常莫名其妙地打電話給我，大叫什麼『男性喜歡的是大胸部啦！』然後就掛斷。而且還是在深夜的時候。」

白雪，妳到底在搞什麼啊？那已經是一種精神攻擊了吧？

「不，話也不能這樣說。至少對我來說就不是那樣了。」

畢竟女生的胸部不管是大是小，對我來說都很困擾啊。

聽到我這麼說，亞莉亞就忽然用力轉過身來。

「你、你騙人啦！」

「為什麼妳要露出那麼燦爛的笑容啦？講的臺詞跟表情完全不合喔？話說回來……我總覺得妳最近好像心情還不錯的樣子……是有發生了什麼好事情嗎？」

如果是平常的對話，我現在早就應該吃了七～八顆子彈才對。因此我忍不住對她如此問道。

我從剛才開始已經跟亞莉亞接觸了將近三分鐘，可是她別說是手槍了，連刀劍或巴流術都沒有使出來，反而讓我覺得很不對勁啊。

「……嗯，有呀。」

亞莉亞抱起枕頭遮住自己的胸部，還用它半掩著有點變紅的臉……翻起眼珠看向我的臉。

「是什麼事？」

「金次……」

「我？」

「你最近好像對於武偵的活動變得很積極的樣子。這讓我覺得……很開心。」

亞莉亞用一點都不像她的嬌甜聲音說著，還陶醉地凝視著我，害我也忍不住一點都不像自己個性地怦然心動起來。

這也是亞莉亞的陷阱啊。

明明當周圍有別人在的時候，她就會一副凜然地對我擺出主人架勢，可是當我們兩人獨處的時候，她偶爾就會變得很會撒嬌。而且隨著時間過去，我總覺得那個頻率變得越來越高了。

同時，這個對我撒嬌的女孩，原本可是在外國登上流行雜誌的美少女啊。因此就算是討厭女人的我，也會不禁感到錯亂。畢竟說老實話，我並不討厭她的外表啊。

於是，我的語氣變得有點溫柔：

「……呃……這個嘛……我就老實跟妳說吧。確實，因為之前那次祕密任務，讓我變得比較積極了啦。哎呀，雖然沒有到妳那種程度就是了。」

聽到我這麼說，亞莉亞就……緊緊抱住了長型抱枕，又驚又喜地張大了嘴巴。

然後，大概是因為興奮的關係，她的臉變得越來越紅了。

「那……你不會再說你不想當武偵了？」

「是啊。我不會自己放棄了。畢竟我好像也沒辦法勝任其他的工作啊。」

我這樣的回答，似乎讓亞莉亞感到非常滿意的樣子……

於是這位以「心情總是會輕易寫在臉上」而出名的雙劍雙槍小姐，就露出了彷彿少女提早拿到聖誕禮物般的表情說道。

「也就是說、也就是說，你以後也會繼續當我的搭檔囉？」

雖然我覺得這句話好像跳線太多了，不過我還是……

「沒錯。所以妳要好好珍惜啊。」

對她如此肯定了。

結果亞莉亞就把臉埋到枕頭上，「金次～！」地用娃娃音模模糊糊地大叫，穿著襪子的腳尖還像在游泳一樣不斷打水。

……表現得還真是開心呢。

原來如此，是這麼一回事啊。

——亞莉亞的族人，也就是福爾摩斯家的人，都需要有一名搭檔。

而被亞莉亞選為搭檔的金次，原本是個莫名沒有幹勁的傢伙，但現在卻不知道為了什麼原因，稍微變得有點動力了……

所以她的心情才會這麼好啊。

（話說，講真的，我這種人到底有什麼好的……？）

如果亞莉亞是信任**那個**我的話，我還多少能理解。可是她應該也對**這個**我非常清楚才對。

換做我是妳的話，我才不想跟我這種廢材組成搭檔勒。

唰唰，唰唰唰！

亞莉亞的雙腳依然不斷在打水。仔細一看，即使她把開心的表情用長抱枕遮起來了，可是從耳朵跟脖子的顏色就可以知道，她現在滿臉通紅呢。

而且還用接近超音波而讓人聽不清楚的高音，小聲叫著「喜歡喜歡喜歡喜歡——！」的。

……？雖然我搞不太懂，不過她好像根本忘了我的存在，一直在尖叫啊。

（她是在……喜歡什麼啊……？）

有一件事情可以確定的就是，她喜歡的絕對是除了之前在憤怒之下使出迴旋腳尖踢攻擊腹部的對象——也就是我以外的東西。我只能從這一點上進行推理了。

（亞莉亞喜歡的東西……？）

哦哦，我知道了。

這是亞莉亞偶爾會發作的「桃饅萌」（理子命名）啊。

亞莉亞在遇到像是忘記帶錢包的回家路上，就會忽然對我大叫「我喜歡桃饅！」之類的話——言下之意就是「立刻給我去買！」了。而現在這個是它的亞種症狀嗎？

原來在飛機上……也就是吃不到想吃的東西時，就會以這樣的形式發作啊？她恐怕是正在對想像中的桃饅發萌，好撐過這段癮頭吧？畢竟她好像在夢裡也在吃桃饅呢。

「金次！」

亞莉亞把紅得像薔薇一樣的臉抬起來後……

「我……那個、我、金次……金次、謝謝……我要睡了！」

忽然就「啪！」地一聲，把臉趴到椅子上，閉起眼睛了。不過表情依舊在傻笑著。

然後，就在我——也就是一名男性的面前，呼呼大睡起來……

以她這個年紀的女孩子來說，這樣的行為會不會太沒有警戒心啦？

話說她還真強。雖然「晚安」後三秒入睡本來就是亞莉亞的特技，但沒想到她在空中也能做到這一點，到底是有多習慣搭飛機了啦？真想叫白雪向她多學習一下。

……另外，說到今天的我。

又是接受了晚餐的邀請，又是出言擁護幼兒體型、又是宣告不會放棄武偵&繼續做搭檔的……就算這小孩真的很可愛，也不能這樣寵過頭吧？

不過，算了。

沒關係。

畢竟我——又再次體認到我在這次的旅行中也必須要完成的**重要責任**啊。

「……」

現在在我眼前的亞莉亞，之所以會是粉紅頭髮、紅紫色眼睛……是因為被射入她體內的緋彈所造成的。

那是過去我在伊．U**沒能阻止**的一發子彈。

而亞莉亞現在正因為那顆緋彈失去了做為外殼的殼金，而面臨著有可能會喪失自我的危機。

緋緋神。

要是亞莉亞真的變成了那樣的玩意——就不是光只有頭髮眼睛變色這麼簡單了。

她恐怕會失去她原本的心，被喜好戀愛與戰爭的凶神附身。

萬一事情真的變成那樣……

等待的就是破滅。

玉藻甚至還說，必須要殺了她。

亞莉亞的變化因為很緩慢的關係，容易讓人失去危機意識。然而，最後的時限毫無疑問地正步步逼近著。而我必須要阻止這件事情發生才行，甚至不惜賭上我自己的性命。

因為，我是亞莉亞的搭檔……而且……

我背負著當時在伊・U沒能阻止「緋彈的亞莉亞」的原點，也就是夏洛克開槍的責任啊。

（——香港——）

在香港，有藍幫。

而藍幫手中就握有亞莉亞現在只剩三枚，但其實原本有七枚的殼金當中——被奪走的其中一枚。

我必須要把它搶回來才行。而且根據狀況——不，應該是有很大的可能性，必須要靠蠻力搶回來。

在這場極東戰役中，我們與「眷屬」之間的戰爭——這一點是非常重要的一個目標。

（亞莉亞，就是妳護照上的照片，讓我又再度想起了這件事情啊。）

我再一次瞥眼看向亞莉亞放在吧檯上的護照。

照片中，從護照發行日期來看應該是十二歲的亞莉亞——

——有著金髮碧眼的外觀啊。

2彈　OZONE

當地時間正午過後，在讓人難以想像是十二月的豔陽底下——

ＡＮＡ１１７１號班機來到香港上空，順著風向進行盤旋。

因為機身傾斜的關係，讓我從窗戶看見了將城市南北切斷的維多利亞港。

（那就是，香港……我們終於來到國外啦。）

虧我之前還在那邊煽動巴斯克維爾小隊，結果現在自己都忍不住緊張起來啦。

令人驚訝的是，飛機著陸的航線，居然就緊貼著大廈群的上空，大廈的窗戶甚至都可以看得很清楚。這種航線在日本是絕對不會被允許的啊。

不久後，飛機進入了往機場跑道的導航程序……

機體「嘰嘰嘰」地在香港國際機場完成了軟著陸，從商務艙傳來理子拍手叫好的聲音。

——等到安全帶警示燈熄滅後，因為著陸的震動而醒過來的亞莉亞就從椅子上跳下來，一邊穿著鞋子……

「來，我們頭等艙的旅客要優先下機。要是拖拖拉拉的，會給大家添麻煩呀。」

一邊用這樣貴族般的發言催促著我。

總覺得，亞莉亞她……一來到國外，就變得有點生龍活虎了呢。

（明明就是十二月下旬……還真溫暖啊……！）

一下飛機，我就被這一點驚訝到了。

真不愧是比沖繩還要南方的地區。我看這溫度應該有將近二十度吧？

我完成了繁雜的武裝旅客入境審查，跟白雪、理子與蕾姬一起從輸送帶上拿取了行李後——與那位明明剛才還在催促我，可是自己卻在入境審查時花了一堆時間的亞莉亞會合（她踮起腳尖把頭伸到櫃檯上，用流暢的英語跟審查員講了一堆話。大概是因為被問到護照上的照片跟本人在顏色上有差異的事情吧？）後，通過了海關。

亞莉亞跟理子拖著行李箱，快步走在昏暗的入境大廳中。而蕾姬也像平常一樣面無表情地，單手提著鋁製手提箱走著。

而在這一行人中，不斷東張西望、舉止可疑的就是——

「不、不好了呀，小金，看板上寫的全都是中文，周圍也全都是外國人呀。」

「在這邊，我們才是外國人啦。喂，不要扯我的袖子啊。」

理所當然是沒有出過國的白雪，以及被她抓著袖子的我了。

「欽欽、小雪，你們有記得把上飛機時關掉的手機重新打開嗎～？」

「我說你們，要是走散的時候電話打不通，可是很困擾的呀。看你們那個樣子，要是沒有人帶領的話，搞不好連日本都回不去了呢。」

被理子跟亞莉亞這麼一說，我跟白雪趕緊各自把藍色跟白色的手機拿出來看了。

「我看看喔……啊！訊號標誌有亮！小金，我有收到電波呢！電波、電波！」

白雪拿著手機，對我如此報告著……

為什麼我聽到這傢伙大叫著「收到電波啦！」就會有一種莫名可怕的感覺勒？

「──好，我這邊也沒問題。」

我打開手機電源後，就看到螢幕上顯示著「3HK 3G」的電信公司名字，訊號標誌也有亮起來。接著設定讓郵件也可以即時收發……好啦。

（這下就可以稍微安心一點了。）

畢竟入境審查跟海關都順利通過了，我身上也有當地的現鈔，也能打電話。我接著看到手機的待機畫面上，確實顯示著香港的時間，於是將手錶的時間也調整了一下。

好，可以出動了。敵陣．香港的作戰計畫就此開始。

就在我抬起頭來的時候，我的手機忽然傳出「櫻花開時」的旋律。有兩封新郵件呢。

看來應該是我在飛機上的時候寄發出來，現在才一起收到的吧？

「……？」

還真是稀奇。這兩封信件既沒有被分類到「巴斯克維爾」的收件夾，也沒有被分到專收武藤或風魔那些人信件的「無所謂」收件夾，而是被放在一般收件夾裡呢。

——第一封，寄件者是「望月萌」。標題「我打算要成為武裝偵探了」……

——第二封，寄件者是未知聯絡人。標題「我是菊代，我決定重新以武偵為目標了」……

啪！我立刻把手機闔上，裝作沒看……

我、我沒辦法裝作沒看到啊！這是什麼鬼！

而且妳們兩位會不會太有默契啦？萌小姐&菊代小姐！

（那兩個人該不會是串通好，打算追我追到武偵高中來啊……！）

真是晴天霹靂。沒想到我正準備在國外展開行動的時候，就因為國內的問題讓我碰了釘子。

不過，這也只能等我回國之後再處理了。雖然我很想跟她們說「喂喂喂，住手吧」，但是從這裡根本沒辦法阻止她們啊。

就這樣，我最後還是決定裝作沒看到這兩封信件，並重振精神，指著天花板上寫著「往市區」的看板說道。

「好……好啦，我們首先就到街上找間家庭餐廳，進行作戰會議吧。」

那塊看板上印有電車、巴士跟計程車的標誌，應該從那個方向的出口就可以進入市區了吧？

但沒想到，理子跟亞莉亞卻同時做出「真是受不了」的動作……

「欽欽一點都不了解中國。這裡的飲茶餐廳從屋外都可以看得一清二楚呀。雖然我們的作戰或許被人看到也沒什麼關係，可是現在最好還是要祕密行動吧？」

「要找陣地的話，我已經預約好了。跟我來吧。」

說著，她們就往另一個出口走去了。

於是我只好乖乖跟在她們後面，來到豔陽高照的旅客接送處……便看到那裡停了兩臺閃閃發亮的銀白色勞斯萊斯，還有穿著正式的駕駛員下車迎接我們——尤其是對亞莉亞表現出畢恭畢敬的態度。

香港正如地名所示，是一座港灣城市。

雖然是中國的一部分，但是在名為「一國兩制」的制度之下，給人一種獨立國家般的感覺。

明明隸屬於社會主義國家，卻是個靠著貿易與金融而繁盛、宛如資本主義象徵的大都市。

（我還是第一次見到人口密度比東京還要高的都市啊……）

我坐在車子上，看著窗外往後流動的街景。

以陡峭的山丘當作背景，高樓大廈密集林立在狹小的平地上。而在大廈的縫隙間所剩不多的地面上，汽車、巴士、路面電車密密麻麻地往來奔走著。

我們乘坐著車子巧妙地避開塞車路段，來到九龍地區的臨海地帶——

這是一處看起來像台場一樣，蓋滿各種設施建築的地區。

而我們的車子最後停在其中一棟直衝天際、看起來又嶄新又高級的翡翠色超高層大廈底下。

亞莉亞接著用小指比了一下抬頭仰望也根本看不見的超高樓層。

「這是ICC大廈。我在這裡的一一八樓借了房間，我們就把那裡當作司令部吧。」

說著，她就下了車子。對於站在大廈門口的人員幫她開車門的事情，還露出一副理所當然的表情。

根據自以為是導遊的理子流利的說明，這棟ICC大廈全高有四八四公尺。似乎在滿是高樓大廈的香港中，也是最高的一棟超高層大樓的樣子。

從一〇三層以上，是一間叫麗思卡爾頓的超高級酒店。

我們從裝飾著玻璃聖誕樹的大廳坐上電梯後……

「亞莉亞不是應該比較喜歡半島酒店嗎？畢竟那邊是純英國系的呀。」

「香港到處都有藍幫的爪牙不是嗎？要是在那種歷史悠久的飯店，我們的動向就全都被他們掌握住啦。不過這間飯店才剛開業不久，應該比較沒有受到藍幫的影響才對。」

理子和亞莉亞在對話的同時，電梯以極快的速度上升著。氣壓變化的速度甚至讓人必須要調適耳內壓才行。

在如此高速之下也花了一分鐘以上的時間——我們才到達了一〇三樓，行經各國有錢人來到飯店櫃檯。接著又換了一個電梯後……

「在這邊，就可以看到整個香港了吧？」

在透過窗戶**睥睨**著高樓大廈群的亞莉亞帶領下，我們來到位於一一八樓的一間叫「OZONE」的酒吧。

然後，又從那間華麗得像六本木酒廳的店中，進入了一間VIP房。

這房間真的就像什麼祕密基地一樣，是從一扇看起來跟牆壁沒兩樣的門進去的。我猜平常應該是歌手或電影明星私下光顧時會使用的個人房吧？

最後，亞莉亞走到房間裡的一張設計師品牌的圓桌旁……

「這地方，這段時間都被我包場下來了。」

一副理所當然地坐在上座，很神氣地翹起了她的小腳腳。

對於漂亮的白人服務生推著三層式推車，送下午茶套餐進到房間的事情，她也依舊是一臉理所當然的表情。

而在亞莉亞的左右兩旁則是……

「呀哈！蛋塔理子拿走啦～！還要預約櫻桃紅茶喔！哦哦！亞莉亞，妳看妳看！小蛋糕上面有聖誕裝飾呢！」

露出閃亮亮的眼睛看著三層推車上各式各樣點心的理子……

「……」

以及將裝有分解式德拉古諾夫的手提箱放到牆邊的蕾姬，分別坐到位子上了。

殷勤地幫我把背包放到行李架上的白雪也坐下來後，服務生們就將蒂芬妮品牌的茶杯與茶托放到大家面前。

「神崎小姐，歡迎您大駕光臨。您從日本寄來的行李就在這個地方。我們已遵照您的指示開封後，磨光擦亮了。請您確認一下。」

一名整齊地穿著飯店制服的大姊用日文說著，並比了一下房間的角落——在那裡，擺著一個用天鵝絨布覆蓋起來、看上去凹凸不平的大東西。

「謝謝。費用就幫我一起算在房間費上吧。」

亞莉亞用流暢的草寫字，在請款單上簽名。看來，像亞莉亞這種等級的有錢人，是完全不需要在現場拿出錢包的樣子。

「……那是什麼啊？該不會是什麼機關槍之類的吧？」

感到不安的我稍微掀起天鵝絨，看了一下裡面的東西……

啊，是滯空裙甲啊。

可是顏色好像不太一樣。

之前看到的都是銀灰色的，可是這次卻是跟亞莉亞的頭髮一樣，是亮粉紅色。

「這玩意不是之前墜落在乙女大道上，毀掉了嗎？」

「之前那個是測試機啦，現在這個才是正式機。名稱也改叫『ＹＨＳ／０１』——不是代號名稱，而是商品名稱了。你看，這裡不是就有寫了嗎？」

「簡單講，就是改良版是吧？話說，妳該不會……打算從這裡飛出去吧？」

「是呀。」

回答得還真乾脆。

妳不會怕啊？這裡的高度可是將近五百公尺喔？

「——我之所以會選這裡當司令部，有一部分也是因為這個原因。畢竟香港到處都是坑坑谷谷的大廈，要對敵人進行空襲的時候，從這邊起飛就可以省掉上升的麻煩啦。而且我也透過圖畫書，針對『孫悟空』這個敵人進行過研究了。那傢伙似乎擁有一種叫『筋斗雲』的飛行器呢。既然這樣，我們這邊也要有人可以飛行才行啦。」

面對一臉得意地賣弄西遊記知識的亞莉亞……

「受不了……妳至少要記得去保個生命險喔？雖然武偵投保會比較貴啦。」

我只能搖搖頭，坐到位子上了。

等到巴斯克維爾小隊以外的人都退出VIP房後……

理子一邊大快朵頤著沾滿奶油的英國鬆餅，一邊對我們說明著藍幫的事情。

因為她過去在伊・U的時候，曾經有向昭昭學過中國拳法跟炸彈戰術（我猜應該是猛妹跟第四個昭昭），所以對他們有一定程度的認識。

「──藍幫是一個從古早時代就存在的組織，在清朝以前都是在當海賊喔。所以他們跟伊・U在思想上有一種共鳴，好像是叫作『海上無政府主義』的樣子。」

「大家都是不法之徒，所以彼此很要好是吧……」

畢竟機會難得，所以我也一邊享用著蛋塔，一邊參與討論。

「雙方的交易也很頻繁喔。伊・U在中國南海航行的時候，就經常會用戰術顧問當代價，跟他們交換裝備之類的東西。之前也有請他們用船塢艦幫潛水艇進行過保養。不過因為藍幫是根據付錢的金額決定優先順序的拜金主義組織，所以價格都很貴就是了。」

「──組織的戰略傾向呢？」

亞莉亞喝著紅茶，並拿起三明治，對理子問道。

「本部跟各處分部都不太一樣。而香港分部是屬於反攻型的組織，比起自己主動進攻，還比較擅長當敵人攻過來時進行迎擊的類型。不過因為光是這樣也不行，所以昭昭就從上海本部被調派到香港分部了。上海藍幫就幾乎都是傾向進攻的人啦。」

原來如此……

在中國這樣土地廣大的國家中，不法之徒的全國性組織也會根據地區而有個性上的不同啊。

「藍幫的據點──叫藍幫城嗎？那是在什麼地方？還有，藍幫大概有多少人呢？」

正在泡烏龍茶的白雪輕輕舉手發問。

「據點的位置不清楚。這也是海賊時代遺留下來的特色。藍幫城其實是一座像海上浮島的設施，靠拖船進行牽引，來回在香港島跟九龍半島周圍。至於人數嘛……如果連底下的小嘍囉都算進去，應該有一百萬人左右吧？」

「妳、妳說什麼？」

我差一點就把蛋塔掉在地上了。

妳說一百萬人？那是什麼組織啊！

「藍幫別說是企業、金融界了，就連在教育界、司法與政府的中樞都有夥伴。就這一點上來說，跟自由石匠是很相似的組織。也正因為如此，如果把受到藍幫影響的人算入其中的話，人數就會非常龐大了。像是在藍幫出資經營的公司工作的員工啦、在學校就讀的學生啦。」

原來如此……也就是說，並不像日本的黑道那樣，可以很清楚劃分出「從這裡以上是構成人員」的意思了。

「一百萬人對五人嗎？真是棘手的狀況。不過哎呀，極東戰役是禁止代表以外的人員參加戰鬥的，因此我們可以省掉清除小嘍囉的麻煩啦。但是我們還是要小心行動才行。畢竟誰也不曉得在哪裡會遇到藍幫的眼線啊。那麼，亞莉亞，妳有什麼主意？」

我稍微將話帶到亞莉亞身上後……

「——撒餌作戰。我們就反過來利用他們眼線眾多的這一點吧。」

亞莉亞露出很有自信的表情說道。

「既然我們不知道對方的據點在什麼地方，就沒辦法直接進攻、擊敗他們的戰士了。而且香港的藍幫是不會自己主動出擊的類型，遇到這種情況，就要讓對方知道我們已經入侵他們的陣地，把敵人引誘出來。若是因此打贏了當然很好，但就算打成平手，也只要跟蹤在逃跑的敵人後面，就可以找出他們的據點啦。」

「呃，也就是說……？」

白雪歪了一下小腦袋，於是亞莉亞接著說道。

「我們不需要特地去進行什麼調查工作，只要在人多的地方很普通地進行觀光就可以了。畢竟我們還有學校交代的報告要完成呀。」

唔……原來如此。

就像亞莉亞所說的，這是一種叫「撒餌作戰」的偷吃步戰術。我在「戰略Ｉ」的課堂上也有學過。

首先，我方要無視於正常的做法，而在侵入敵陣後**刻意散開行動**。

等到獵物被散開的誘餌引誘出來後，就要暫時由那個誘餌撐住場面——並且同時呼叫夥伴，包圍敵人。

雖然這樣的做法會有被單獨擊破的風險，不過在①各個單兵都擁有極為可靠的戰鬥能力；②擁有確實的通信手段時，是非常**有效**的戰術。

——我環顧在座的大家，似乎都沒有露出表示異議的表情。

畢竟巴斯克維爾小隊中，亞莉亞、白雪、理子、蕾姬還有在某種條件下的我……大家都不是隨隨便便就會被擊敗的角色。

在戰役的規矩上，敵人只會派出身為代表的戰士。應該不需要考慮到像三國無雙那樣，被小兵包圍而彈盡人亡的狀況。

在通信手段上，我們也有手機，所以沒有問題。

現在的手機即使人在國外，也可以完全像在日本一樣進行聯絡。亞莉亞在抵達機場的時候就要我們注意手機，或許就是因為她當時考慮到這個作戰的關係吧？

（好，就採用這個方法吧。另外……）

我一邊喝著紅茶，一邊確認亞莉亞的表情……

她自從來到國外、進入這間貴族設施之後，就有一種如魚得水的感覺。

而她本人似乎也有同樣的自覺，所以臉上的表情就好像是回想起自己身為貴族的立場，要好好帶領我們這群平民的樣子。

簡單來說，亞莉亞現在的狀況非常好。

……好。

雖然本來我才是隊長，不過現在我就把這權限交付給她吧。

雖然這傢伙就跟貴族一樣很會指使別人，但現在這種時候就是要有個人在上頭發號施令，會比較好辦事啊。我就不要插嘴太多，暫時都交給這位小不點女王去領導好了。

正當我腦袋這樣想的時候……

「那麼……大家喝完茶之後，就立刻展開行動吧。雖然香港的治安並不差，但大家在出入觀光景點的時候還是要小心扒手——喂！金次！你有在聽嗎！」

彷彿是對我的想法心有靈犀似地，亞莉亞已經徹底進入司令官模式，對我大吼了。

最後，亞莉亞就留在OZONE，負責當有人與敵方進入戰鬥時，以YHS進行空襲、支援的工作。

而將主要的行李都放在OZONE，輕裝出發的我、白雪、理子與蕾姬四個人則是……

在長官（亞莉亞）的提案下，暫時兩人一組展開行動了。

至於組隊的方式，我本來是提議「那就用黑白猜決定吧？」，結果卻被亞莉亞拿起馬卡龍砸了一頓後，遵聽了她以下的高見：

·首先，近身戰鬥較強的金次跟理子要分別行動。

·金次對超能力很弱，又經常受傷。因此要跟擁有治療能力的白雪組成一隊。

·理子擅長於撤退行動，所以當遭遇敵人的時候，就拉開距離，讓蕾姬以狙擊進行反擊。

真不愧是遇上戰鬥相關的事情就腦袋特別靈光的亞莉亞，這樣的組隊方式確實很厲害。

因此白雪與理子也都露出一臉「原來如此」的表情，並沒有像平常那樣一左一右地吵著要把我扯斷，而乖乖聽話了。

另外，我們四個人必須在下午的點心時間會合，進行情報交換&對亞莉亞的電話聯絡。

最後就是大家單獨散開，自由行動——

而根據亞莉亞寄給我的命令郵件，晚餐時我就跟亞莉亞稍微會合一下，到麗思卡爾頓酒店的餐廳進行巴斯克維爾小隊幹部會議，利用料理與夜景養精蓄銳後……

如果到這時候，藍幫依然沒有做出行動的話——

大家晚上就在各自的寄宿房間等待敵人。

雖然那是對敵人來說最好出手的時間帶，但畢竟如果敵人不來襲，我們的計畫就無法順利進行啦。所以也只能靜待自己的運氣到來了。

——好，這項與眾不同的引誘藍幫作戰，我們就放手一搏吧。

香港主要是由接著中國本土的半島「九龍」，以及南方的島嶼「香港島」兩個區域組成。

中間有一條稱為「維多利亞港」的海峽，可以靠海底隧道與渡輪快速往來兩側。

十二月二十二日，下午兩點。在亞莉亞的號令之下，我們開始展開了行動。我&白雪小隊搭乘計程車前往九龍的主要大街——彌敦道，而理子&蕾姬小隊則是同樣搭乘計程車，前往了香港島。

(兩百日圓左右起跳，對荷包的負擔還真小啊……)

正當我坐在穿梭於大樓森林中的計程車上，盯著計價錶的時候……

(……？)

我忽然發現剛才還在旅遊指南上寫著觀光計畫的白雪，現在卻露出一臉微笑，在凝視著我。

她就像感冒了一樣，用朦朧的眼神不斷凝視著我。

然後……嗯？

雖然我聽不太清楚，不過她好像一直在小聲呢喃著「這是上蒼賜予的好機會」啦、「是扳回最近這段劣勢的大好機會」啦、「好，究竟能不能把握住這次決定性的機會呢」之類，像是在進行足球轉播一樣的話。

接著，又宛如CD跳針似地，不斷「機會、機會、機會」地嘀咕著，害我忍不住有點害怕，或者應該說是超級害怕地開口問她。

「喂、喂，白雪，妳怎麼了啦？什麼機會啦？」

結果白雪就露出一臉回過神來的表情……

「聽、聽我說！」

用大大地寫著「香港」兩個字的旅遊指南書遮住下半部的臉。

「那個呀……雖然我因為沒什麼想像力，所以做夢也沒有想到過。不過……」

還真是一句讓人忍不住想要吐槽的話啊。

如果連妳這樣都算沒有想像力的話，我看這世界上根本沒有一個人有想像力啦。

「沒想到，我竟然可以跟小金兩個人、兩個人獨自、海外旅行！這……這就好像！蜜月旅行呢！這樣……哈哈，沒事沒事，我什麼都沒有說！我只要跟小金兩人獨處，就會害羞得連想說的話都說不出來呢……我這個習慣老是改不過來，真是對不起。」

說到最後，她還「呀～」地把整張臉都藏起來了。

妳根本是每次都會把話講出來吧？這次也是一樣。雖然我都聽不太懂啦。

正確來說，妳那個並不是「害羞得說不出來」，而是「說出來之後感到害羞」才對。

我不禁露出一臉無奈，代替我心中的吐槽了。

不過，看到青梅竹馬的白雪好像很開心的樣子……我的感覺也不壞。

雖然她的表現方法很獨特，但她的心情卻會很清楚地讓我知道。不過心裡的想法我是完全搞不懂就是了啦。這該說是心有靈犀嗎？總之我很能夠理解她的心情。

在這一點上，她或許是除了金女以外，唯一的一個女孩子吧？

現在雖然不清楚原因，不過白雪感到很興奮、過得很開心的事情，確實很清楚地傳達出來了。

而人就是當身旁的人感到很愉快的時候，自己也會感到很愉快……

因此與白雪一起在「佐敦」這個地區下了計程車的我，也感覺到自己的心情有點興奮起來了。

這個叫「佐敦」的地方，看起來就是像購物天堂的場所。

雖然街上依舊滿是高樓大廈，不過在大樓之間的路面上都擠滿了攤販，宛如整條街都是唐吉訶德商店一樣。這片複雜混亂、充滿亞洲感覺的喧鬧氣氛，就是會讓人忍不住情緒高昂起來。

而當中最讓我們日本人感到新奇的景象就是——

「小金，你看你看，頭上有好多招牌，而且都裝飾著霓虹燈呢。」

白雪一邊說著，一邊拿起數位相機瘋狂拍攝著**五顏六色**的招牌。

在香港，店家的招牌都是從左右兩邊的大樓伸到半空中的。而且數量還很多。

「是啊，每塊招牌看起來都像是電玩中心或柏青哥店一樣閃閃發光，不過其實全都是普通的店家啊。」

我說著，也拿起手機拍下了這片無限招牌群的場景。

雖然這種光景在電影中很常見，但是在日本的話，屋外廣告物法根本不會允許這樣的狀況吧？

從我們身旁經過的雙層巴士，車頂甚至都快要削到招牌的下緣啦。

就這樣……不常出門的我跟大家閨秀的白雪東張西望地走著走著……

「──咦？大街在哪個方向啊？」

很快就迷路了。

「我們的預定是沿著彌敦道往南走，然後渡港到香港島啊。現在必須要回到大街上才行。」

「嗯、嗯，我看看、我看看……這邊是這個轉角，那邊是……呃……？」

一臉疑惑地盯著地圖的白雪，看起來超級不可靠的。

但是用不著擔心。

「——交給我吧。」

武偵憲章第七條：「凡事要做最壞的打算，樂觀去行動。」

就算是在外國也不用感到害怕，因為我是有備而來的啊。

在我的手上，可是有日本出產、世界第一高性能的情報終端機——手機呢。

於是，我啟動了手機裡的GPS。

……好，顯示出我們的所在位置了。誤差也在五十公尺之內。

而且手機連接到的是國外吃到飽的通信業者，所以費用應該也不會太貴才對。

「妳看，這樣就可以知道我們現在在哪裡，上面還有顯示我們面對的方向勒。」

我說著，將地圖軟體的畫面亮給紙本地圖派的白雪看。

結果，白雪就盯著我的手機螢幕……

「謝謝你，小金。小金果然、果然是、值得依靠的男人……」

點、點……

怎麼回事？她不但為了區區一個手機GPS就露出對我尊敬萬分的表情……還用自己的手背不斷觸碰我的手背呢。

點、點……

啊，又來了。

白雪並沒有把視線看向自己的手，安分得教人搞不清楚她是不是故意的……可是當我露出察覺這件事情的表情，她的臉就不知所措地僵硬起來了。

看來，這個「手背點點行為」，她是故意做出來的。

（搞什麼……？）

就在我疑惑地歪著頭的時候，白雪忽然露出「嘿呀！」的表情……

將她的手背完全貼到我的手背上……接著……輕輕地……

像在玩麻花繩一樣，把手指繞到我的手指上了。

說真的，她到底在搞什麼啊？

「──呃、呃呃呃、那個！小金大人！」

握！

她最後還把我的手整個握了起來。

而且她臉上還露出一副「哇～我怎麼會這麼大膽！」的表情，自己被自己嚇到。

所以我說，妳這動作到底在搞什麼啊？我完全搞不懂啦。

「那個！要是走散就不好了！我可以牽著你的手嗎！」

妳也太大聲了吧？

話說……妳在徵求我同意之前，就自己先把手牽起來啦。

而且還握得緊緊的，一副絕對不讓我甩開的樣子。

「……」

——不過，確實我們如果走散的話，也很麻煩啊。

而且白雪還用一臉要是我拒絕、她就哭出來的表情，抬頭看著我。那樣子簡直就像在等待宣告死刑或無罪的被告一樣。

「……」

唉……算了。

藍幫的各位，你們想看就看吧。雖然這感覺像小孩子一樣幼稚，不過你們想冷嘲熱諷就冷嘲熱諷吧。

畢竟那樣一來，我也會更有幹勁，想要當場抓住你們啊。

「……走吧。」

我說著，回握住白雪的手。結果她就「！」地露出一臉心臟快要從嘴巴跳出來的表情了。

接著，她一如往常地用有點內八的腳步——

被我拉著手，拖到彌敦道上了。

古人說：得寸進尺。

這句話真是說得太貼切了……後來，白雪一路上都抓著我的手不放。

（我已經害羞到受不了了說……）

白雪就好像剛才已經獲得同意似地，就算為了照相而稍微放開手，也會馬上又把手牽起來。

而且她每次牽起來的時候，都會開心地看著手，然後對我露出好像很害羞、好像很靦腆、又同時充滿幸福感覺的表情……

而我看到她這個樣子，實在很不忍心拒絕啊。

於是，我跟白雪從剛才開始，手就一直這樣牽著了。

（……這就叫被情況牽著鼻子走吧？）

這麼說來，我以前在上野也有跟亞莉亞牽著手走路過呢。而且有點是無意識地。

但是那時候被她揍了一拳後，我們放開的手就沒有再牽起來了。

因此，跟我牽手的次數、時間，都在這個香港被白雪一口氣逆轉啦。

話說回來……

「啊！小金，那邊有日系的商店呢！是 7-ELEVEN 呀！」

「還有吉野家哩，好像還有賣拉麵的樣子……哦！那邊還有和民……連元氣壽司都有……」

用相機不斷拍著報告用資料的我跟白雪，依舊徹底是一副觀光客的樣子。

白雪甚至還拿著旅遊指南，像指南針一樣不斷拿起來瞧，一看就知道是個日本人了。

哎呀，在引誘藍幫成員的作戰上，她這樣的行為我是完全不介意啦。

「啊！名牌包包居然只要美金九塊錢呢！我就買給粉雪當伴手禮吧，她一定會很開心的。」

「怎麼想都知道那是山寨貨吧？小心在機場被沒收喔？」

我跟白雪就這樣一邊談笑，一邊走在大街上。

如果是平常的狀況，我跟女孩子兩人獨處的時候，應該會變得沒有話可以講才對的——

可是外國實在有太多新奇的東西，讓我跟白雪徹底聊開來了。

老實講……這真的很愉快。

不是我要借用白雪剛才說過的話，不過剛結婚的男女之所以會那麼想去蜜月旅行的這個謎團——在我的心中多少有一點答案了。

如果能繼續這樣旅遊下去，原本就因為是青梅竹馬而感情要好的我跟白雪，搞不好關係也會變得更融洽也不一定。

順道一提，不太會講英文的我，跟即使有相關知識卻因為個性怕生而不敢講話的白雪這對搭檔，一開始還會因為語言障礙，買個東西都感到困難的……

不過後來，我們發現只要兩個人合作，就能夠跨越這道障礙了。

其實只要白雪把想說的話寫出來，然後我唸給店員聽就可以啦。

然後聽的方面只要交給白雪，讓她翻譯成日文給我聽就沒問題了。

這就是外國──

（搞什麼，其實根本就不用擔心那麼多啊。）

雖然我一開始還會感到有點不安，但實際上根本不算什麼嘛。

只要靠著我在不斷戰鬥的日子中學習到的「天下無難事，只怕有心人」的精神，要邁步世界根本不困難啊。

照這個感覺繼續下去，我看藍幫應該也很快就會被我們擊敗了吧。

這次的海外遠征，沒問題啦。

我和白雪愉快地享受完九龍觀光之後，坐上了計程車，穿過一條感覺像東京港隧道的短距離海底隧道──來到香港島。

時間上快到下午三點了。我們接下來的計畫，就是跟理子她們會合，然後稍微吃點東西。

計程車司機雖然不會講英文，不過我們用漢字寫出我們的目的地後，他很快就理解了。大家都是在漢字文化圈中生活的人，在這裡的溝通問題也輕易就被我們克服啦。

順道一提，白雪剛才進過一間有做日本人生意的中藥店，看到冬蟲夏草而「呀──！」地使出毫無預備動作的「白雪跳」，很刻意地抱住我的身體……

然後請店家調配了一些搞不清楚是什麼東西的漢方藥，大量採購之後……

「親愛的，回到日本之後，我就用這個煮藥膳湯給你喝喔。」

在計程車上，她開心地微笑著，拿起裝有中藥的紙袋給我看。

白雪是不是以為我的身體有哪邊不好啊？

（……她到底是打算讓我喝什麼東西？）

感到不安的我，說了一句「給我看一下」後，把紙袋搶過來。結果就看到袋子後面有用日文寫著說明。

「滋補強壯」……是指可以讓人精神變好的意思嗎？這倒是沒什麼關係。

「男性機能增進」……嗯……雖然我不是很懂，不過難道是說喝了鬍子會變濃密嗎？

「促進生育」……？

這是什麼？雖然形容很抽象，但是我的背脊瞬間閃過一種動物本能上的緊張感呢。

「……？」

額頭上莫名流出冷汗的我，跟白雪對上視線後……

「因為……小金跟我牽過手了呀……」

白雪忽然嘀嘀咕咕地小聲自言自語，還滿臉通紅地全身扭動起來了。

然後，她有幾句話講得比較大聲，讓我聽到「這是彼此相愛的證據」「蜜月旅行也完成了」「如果打算要生七～八個孩子，也差不多該準備生第一胎了」之類，危險程度極高的詞彙。

這是……那個嗎。……！

就是白雪或頻道2的金女最擅長的——超理論構築嗎？透過只有本人才能理解的難懂方程式，曲解日常生活中的瑣碎事物，並且策劃某種飛躍性的計畫。她現在的表情就是那種感覺。

簡單來講，就是白雪要化身成黑雪的前兆。是黑雪警報啊。

要是讓藏在白雪體內、平常安靜溫和的和風九龍——八岐大蛇？——解放出來的話，我搞不好就會被當場吃掉啦。而且恐怕還是用我難以想像的恐怖手法。

還、還好我們接下來預定是要跟理子她們會合呢。真是太好了。

香港島比起剛才的九龍，保存了更多英國統治時代的建築物。

這是因為中國在鴉片戰爭中落敗後，首先割讓給英國的就是這座島嶼的關係。隨後，英國花了五十年以上的時間，才階段性地奪走了九龍、新界等等地區……白雪的旅遊指南書上是這麼寫的。

在東西洋混合的香港島上，我們在「上環」這個車站下車後——

「小金，呦呵～！我們已經開動了喔！」

「……」

在車站內一家叫「添好運」的飲茶店中，與理子、蕾姬會合了。

根據對吃的東西特別講究的理子寄給我的郵件中介紹，這家店雖然看起來很大眾化，但實際上是獲得米其林星等評價的有名餐廳。

我穿過端著茶與點心的店員們身邊，來到餐桌邊。

「——怎麼樣？有感覺到敵人的氣息嗎？」

因為我想吃吃看道地的拉麵，而在寫滿中文的點菜單上隨便勾了一道寫有「麵」的料理後，把菜單交給了白雪。

聽到我嚴肅的詢問，理子則是……

「啊——抱歉，我只有到處吃東西，沒有注意到呢。」

居然對我俏皮地吐了一下舌頭。

這傢伙……難怪她的肚子會像孕婦一樣鼓起來啊。

而且她現在還繼續大快朵頤著上頭放了鮑魚的燒賣，還有看起來很有彈性的蒸餃之類的東西。

就算妳身體爆炸了我也不管囉？

「……」

而在一旁吃著某種像枸杞果凍般玩意的蕾姬，雖然應該陪理子吃過一趟美食之旅……但是身材上卻沒什麼變化。看來她肚子裡有養黑洞的假說，越來越有可信度了。

在我的追問之下，這兩個人似乎包括這間店在內，已經吃了十間餐廳。到底是在搞什麼啊？受不了。

「欽欽・小雪隊又吃了些什麼呢？」

「因為我們不知道什麼店會端出什麼料理，所以到現在還沒有吃呢。」

拿著點菜單跟香港旅遊指南互相對照、尋找著比較不奇怪料理的白雪抬起頭來，如此回答後——

「太浪費了！太～浪費了！簡直是浪費運動！」

理子「碰碰！」地敲著桌子，嘰哩呱啦地開始說明起來。

「酒樓、酒家就是廣東料理店！飯店、菜館是上海、北京或四川料理的餐廳！粥、麵是大眾料理，甜品店就是點心餐廳呀！」

看這傢伙的表情……她根本已經忘記我們最初的目的了吧？

哎呀，跟著白雪一起瘋狂照相的我，也沒什麼資格說別人啦。

「就算妳說廣東料理還是北京料理，我也搞不懂啊。不管吃了什麼，中華料理就是中華料理吧？」

聽到我的反駁，理子就露出一副瞧不起島國人民見識淺薄的眼神。

「廣東料理口味淡，上海料理口味濃；四川比較辣，北京料理比較鹹呀！」

看來我沒有跟理子組成一隊真是太好了。

要是她像這樣一路上對我不斷炫耀她的知識，我應該會煩到想揍她吧？

「真是受不了，欽欽到底是來香港做什麼的呀！」

看吧，她果然已經忘記了。

「至少不是來吃東西的啦。我現在就讓妳回想起來。」

我說著，就拿出手機——用視訊電話打給待在ＯＺＯＮＥ基地的亞莉亞長官。

結果立刻接起電話的亞莉亞，把正在吃的桃饅藏到鏡頭外後……

『看來你們順利會合了呢。我還在擔心金次在外國會不會搭計程車的說。』

翻起眼珠，對我說了這麼一句話。

「別瞧不起我，那種程度根本小事一樁啦。另外，我先跟妳告個狀，理子現在是這副德性啊。」

我將手機的鏡頭對準理子的大圓肚，以及像松鼠一樣塞滿食物的臉頰。

結果不知恐怖為何物的理子竟然對著鏡頭雙手敬禮後，我就聽到恐怖的東西＝亞莉亞咬牙切齒地說了一句：『等一下我就開妳的洞。』

「——目前猴子還沒有露出尾巴。不過我跟白雪已經在繁華街上到處走動，這個笨蛋跟蕾姬也似乎吃遍了好幾家餐廳。應該成功地讓相當多人看到我們的樣子了。」

我接著將大致上的狀況報告給亞莉亞知道。

順道一提，所謂的「猴子」就是我們事前講好、代表藍幫的隱語。

畢竟他們那群傢伙派出了孫悟空啊。

『ＯＫ，那麼接下來就進入作戰的第二階段。大家分散行動，等待猴子上鉤。』

我對亞莉亞點頭回應後，便掛斷了電話。

下一個階段——雖然我一開始覺得在外國進行單獨行動，難度應該很高。不過剛才稍微走過這一段後，就比較沒那麼擔心了。而且我身上有現金，也有手機，大概沒問題吧？

「請慢用（中文）。」

就在這時，服務生小姐把我剛才點的「麵」端上來了。

好，我也來祭一下我的五臟廟吧。畢竟人常說，肚子餓就沒辦法打仗啊。

「……好啦，就讓我來嘗嘗看，道地的拉麵是什麼感覺？」

我說著，拿起筷子看了一下盤子——

油、油炸炒麵……！

這確實是「麵」啦，可是跟我想像中的完全不一樣啊。

看到我一臉錯愕的樣子，理子伸手指著我爆笑起來。

啊！連白雪都在偷笑。

該死。早知道我就不要那麼小氣，也去買本旅遊指南啦。

雖然不像人肉翻譯機的亞莉亞那麼厲害，但理子不但會日文、法文跟英文，還會講中國話。

雖然似乎感覺有點生硬，但這傢伙面對中國人也可以侃侃而談。本來就很喜歡講話的她，開心地搭配上一些手腳動作，最後還是可以順利溝通。

她在這一點上，就跟明明有相關知識，卻膽小不敢講話的典型日本人——白雪有著天壤之別呢。

就在那樣的理子帶路之下，我們來到了東西橫斷香港島的路面電車的車站。

這裡的路面電車是雙層式的。

講好聽一點就是古色古香，但車體實在有夠老舊的。外型也像立起來的箱子一樣，感覺很不穩。要是讓蘭豹之類的傢伙用手一靠，搞不好就會當場翻車了吧？

根據亞莉亞的作戰計畫——接下來我們四個人要散開各自行動，故意讓敵人覺得有機可乘，好把藍幫引誘出來。

因此蕾姬就這樣獨自留在上環，剩下三個人便坐上了路面電車。

我們打算搭乘這輛電車往香港島東邊行進，每到一個車站就讓一個人下車。

然後用手機跟亞莉亞保持聯絡，靜待對手的反應。

因為難得可以搭乘雙層電車，所以我、白雪跟理子都坐到上層的座位上，拍著照片……

「欽欽你看！那裡有整棟都是金色的大樓呢！那個是為了要求金錢運，才故意設計成那種顏色的喔！真不愧是風水都市呢～！」

理子像個小孩子一樣，以膝蓋跪在椅子上，每看到一棟充滿特色的大樓就興奮一次。

而在人多的車上讓座給老人的白雪則是……

「小金，聽說如果在下車的時候慢吞吞拿二點三港幣的話，會被人催促，可是如果用鈔票付錢的話，是不會找零的喔。所以要事先準備好銅板才行呢。」

一邊告訴我這些旅遊知識，一邊老樣子地盯著旅遊指南。

因此，我只能好好負起管理的責任，以免她們兩個人坐過該下的車站了。

這樣簡直就像領隊老師一樣了嘛。受不了。

等到理子跟白雪分別在中環、金鐘這兩站順利下車後——

（下一站……灣仔，就是我要下的車站啦。）

我拿出錢包，將多邊形的兩元港幣與零頭的三十角港幣握在手中。

畢竟我沒帶幾張大鈔，要是不找錢的話，我會很困擾啊。

接著，在狹窄的階梯上與其他乘客推擠一番，下了車之後，終於……

——單獨行動，要開始了。

現在只有我一個人，還要在人群中穿梭。必須要謹慎注意扒手才行呢。

我在人聲鼎沸的灣仔街上下車後——

走在擺滿生活雜貨、生鮮食品與兒童玩具等等東西的市場中。

這情景就像沒有屋頂的超級市場，在大樓之間的街道上展開一樣。建築物也充滿了日常生活的感覺，看起來不像觀光區，而是當地居民真正生活的地區。

也因此，這裡的道路設計對於像我這樣的外國人來說，就很不親切了……

（呃，我是在往哪個方向走啊？）

結果我立刻又迷路了。香港還真是容易讓人迷路的城市啊。

不過沒關係。遇到這種時候，只要利用像我剛才秀給白雪看過的那招，就可以突破困境了。手機GPS。科學的力量是很偉大的。

好……

「……？」

咦？手機……在哪裡……

…………

……

「——！」

不、不見了！

不只是這樣。

連錢包都不見了。

我還以為是掉在地上，而趕緊環顧周圍的地面——之前，就忍不住咂了一下舌頭。

（……是被扒走啦！）

如果只有一邊也就算了，但兩邊都掉在地上根本就是不可能的事情。

可是，我是在哪裡被扒的？我在灣仔下了車之後，就一直都很小心才對。

也就是說，是在那之前……在路面電車上啊。

現在回想起來，我剛才在車上——

因為一直在顧著白雪跟理子的關係，而注意力渙散了。

又是用日文講話、又是拿著看起來很貴的日本手機拍照、又拿出錢包掏錢。當時

我把它們放回哪個口袋，應該都被人看得一清二楚了吧？

而當我從電車上層走下來的時候，在那狹窄的階梯上跟好幾名乘客擦身而過了。

就是在那時候被扒的。

（被擺了一道啦……！）

就算我現在回頭，路面電車也早就到遙遠的東邊去了。

即使我想立刻打電話給亞莉亞，我也沒有手機。

想搭計程車回ＩＣＣ大廈，也沒有錢。一元港幣都沒有。

護照則被我放在ＯＺＯＮＥ。

現在我的身上——只有手槍而已。這東西反而更糟吧？

「……該死……！」

我為了尋找亞莉亞所在的ICC大廈，而抬頭望向四周的天空。

可是，我只看得到一堆大樓牆壁而已。就算透過大樓之間的縫隙看過去，也只看得到其他大樓。

必須要找個地方……找個可以看見周圍的地方才行。

我為了尋找視野良好的地點，而四處徘徊遊走……

最後完全失去了方向感，連剛才的灣仔車站都回不去了。

這裡是——哪裡啊？

形形色色的大樓、各式各樣的攤販，周圍的景象明明如此多樣……我卻有種在同一個地方不斷繞圈圈的錯覺。

不管我走到什麼地方，都只能看到大樓的牆壁。一樓是店鋪，上面是好幾十層高的古老公寓。這樣的景色綿延不絕地展開在我眼前。

因為我都是靠GPS帶路，所以不像白雪那樣會在身上帶地圖；又不像理子那樣會講廣東話。

要不要乾脆放個空罐子在地上，唱唱日本歌討些零錢啊？被逼到絕境的我，腦中甚至湧起了這樣的想法，可是我唱歌又不像蕾姬那樣好聽。就算我真的靠這招賺到打電話的錢，我也不知道用公共電話打給同伴——也就是透過國際電話打給日本手機的方法啊。

我……

我什麼都做不到。

明明周圍都是人，我卻沒有辦法找人協助……

只能不斷徘徊……走著……走著……

就在太陽快要下山的時候，我總算找到了路面電車的鐵路。可是，我不知道這條是不是我剛才坐過的路線。再說，我根本不知道這裡有幾條電車路線。

不過……

（只要沿著這個路線走，或許就能回去了……）

即使感到不安，我也想不到其他辦法。只能賭一賭了。

在沿著鐵路邁出步伐的我頭上，天色漸漸昏暗，霓虹燈一盞接著一盞點亮——五顏六色的招牌，照耀在我的身上。

……腳痠了。

時間已經來到晚上十點，但我依舊還是搞不清楚自己究竟在什麼地方。

看來剛才沿著鐵路走的決定，是錯誤的判斷。總覺得我反而離原本的地方越來越遠了。

（這裡是、哪裡……？）

根據地下鐵車站的標示，這裡似乎是叫做「北角」的地方。

可是沒有地理概念的我，根本不知道這是在香港島的什麼地方。

「……」

肚子好餓。

那道油炸炒麵，我真不應該因為跟想像中的不一樣就沒吃完啊。

包括我真正想吃的拉麵在內，烤雞、饅頭、水果──路旁販賣著各式各樣的食物，讓街上充滿了聞起來很好吃的香氣。

可是，就算眼前有這麼多食物……

身上沒錢的我，什麼都吃不到。

我快撐不住了。

（本來這個時候，我應該正在享受著亞莉亞請客的美味餐點才對啊……）

回想起在飛機上約好的事情，我忍不住嘆了一口氣。

這下我完全是放她鴿子了。

亞莉亞……一定在生氣吧？

在路上因為恐懼而全身發抖的我，感覺好像會妨礙到來來往往的路人……於是我只好遠離了大街，進到巷子裡。
北角的大街雖然表面上看起來很漂亮，但只要稍微轉進一個路口——
來到的就是看起來髒亂、充滿貧窮氣氛的小巷。
巷道狹窄，路面凹凸不平。雖然居民們同樣是住在大樓中，可是那些建築物大半都很老舊。裸露的水泥看起來黑黑髒髒，到處可以看得到破掉的窗戶，房屋中的電燈泡也是有一盞沒一盞的。
「……」
當我在大街上觀光、在車站裡享受飲茶的時候，根本沒有想像到……
原來……香港的貧富差距是很大的啊。
在這裡，有像亞莉亞住的那種豪華酒店，有居住在高級樓頂層的有錢人——相對地，也有住在這種比下層地區還不如的房屋裡的居民啊。
（哎呀，現在的我是身無分文，根本比這些人還不如就是了。）
這地方幾乎沒有行人會經過，於是我靠在一面凹凸不平的鐵板牆邊，坐了下來。
肚子餓得再也走不動，眼睛都開始發暈啦。
另外，白天的時候雖然很溫暖……但這裡到了晚上還是相當寒冷啊。
這麼說來，現在是十二月下旬呢。
「……不幸……太不幸了。」

我抱著疲憊的雙腳，垂下頭——心中明白這句自言自語，是**不對的**。

這才不是什麼運氣差。

是我太弱小、不中用，才招致這種結果的。

在日本……我以為自己好像稍微變強了。

但那只是在戰鬥的狀況下而已。而我卻得意忘形地攻到敵人的地盤上來，只不過是在觀光地區走了一趟，就自以為很從容——最後就是變成這副德性。還沒跟敵人開打，就已經快要倒下了。

我……很強嗎？

不只是不會講外國話而已，也沒什麼學問。必須靠借來的錢才能參加校外教學，實際上根本很貧窮。面對現在這樣的危機，我完全沒有解決的手段。除了戰鬥以外，我一無是處。

我根本就不強。

以一個人的綜合能力來說，我其實非常弱小。

沒想到我現在，才總算深切地理解了這一點。

（……我這樣下去可以嗎？從今以後，永遠這樣……）

自己的「弱小」。

嗯……看來我察覺到了一個很嚴重的問題啊。

然而，我現在卻連煩惱這種事情的精神都沒有了。

（我明明是那麼期待，可以看到百萬夜景的說……）

可是在這裡，我只能看到電燈泡而已。

話說，我今晚該怎麼辦啊？

雖然我原本是打算隨便找間便宜旅館住宿的，可是現在卻身無分文，連借個玄關打地鋪都辦不到啦。

沒轍了。就這樣坐在路上睡覺吧。

正當我開始覺得昏昏欲睡的時候……

「——喂！唔好坐喺我門口前面！（喂！別坐在我家門前呀！）」

我忽然被人用中國話大叫了一聲。

於是我抬頭一看，便看到一名穿著白色制服的學生——一名中國女孩子，雙手扠腰，用眼角尖細的雙眼低頭瞪著我。

她的頭髮綁成左右兩條像念珠一樣的形狀，感覺像是什麼變形版的雙馬尾；身材纖細，是個很可愛的女孩子。可是……

她好像在生氣啊。而且是看著我在生氣。

但我搞不太懂她在生什麼氣。

「……？」

我不禁露出疑惑的表情後——

那女孩也皺起眉頭，露出「？」的表情。

畢竟她本人已經很清楚地表達出自己的訴求了，可是我卻無法理解啊。

正當我這麼想的時候，對方好像也明白我聽不懂她說的語言了。於是——

「……日本人？」

從她歪成「ㄟ」字型的桃紅色嘴脣中說出來的——是日文……！

我沒有聽錯，真的是日文。

雖然有點口音，但這女孩似乎會講日文啊！

「沒、沒錯。呃，我的錢跟手機都被人扒走了……語言上又無法溝通……」

就在我說話的同時，我的肚子很不爭氣地「咕嚕……」叫了一聲。

「這世上也有像你這麼笨的日本人呢。」

女孩子用鼻子嘆了一口氣後，從對面大樓的窗戶中，忽然有一名揹著嬰兒的大嬸探出頭來——跟女孩子用中國話交談了一下。

結果大嬸就嘲笑似地對我笑了一下，並且對房子裡呼喚了一聲。

接著，從房子之間的縫隙間……

走出了一名臉上戴著用膠帶修補裂痕的圓墨鏡、嘴上叼著一個菸斗的老爺爺。

骨瘦如柴、穿著麻布褲與半袖襯衫的老人，忽然一把抓起我的衣服，準備把我拖到隔壁的巷子裡去。

嘴、嘴上還在大聲嚷嚷著什麼話……可是我聽不懂。因為是中國話啊。

話說，這狀況超恐怖的。他要對我做什麼事？

可是對方畢竟是個年長者，我又不能隨便甩開他的手。

就在我感到不知所措的時候——從大樓間的縫隙以及門後，出現了好幾個人，把我包圍起來了。有纏著腰巾、穿著七分褲、手上拿著酒瓶、嘴上叼根菸的大叔；有穿著鬆垮的襯衫、理個小平頭的少年；有脖子上貼了一塊像沙隆巴斯的東西的老婆婆。大家都露出一臉賊笑，你一言我一語地說著什麼話。

不妙……這下不妙啦。

——不過，沒關係。

雖然我所有東西都被人扒走了，可是我的腰上還有最後的一張王牌——就是我的手槍。

最壞的情況下，我只要開個幾槍嚇嚇他們，應該就能逃走了吧……！

讓原本就不和善的眼神變得更加銳利的我，被帶到了剛才那條巷子的旁邊……其實就是同一棟大樓的另一邊了。

這地方面對著大街，此時依然可以聽到衣服攤位與魚販傳來的叫賣聲。

我接著被帶到其中一個角落，看起來像是店鋪的空間中。

那是拿一張被廢氣染成灰色的透明塑膠布充當門板、讓人搞不清楚是在賣什麼的店家。

「……？」

我保持著警戒，環顧店內——便看到幾張木製的桌子。擺在一旁的則是已經破舊不堪的鐵椅，以及疊了好幾層、拿來充當椅子的超市購物籃。就連砍下來的圓木都被他們拿來當椅子了。

坐在那些東西上的客人們，正熱鬧地喧譁著……

看來，這是一間餐廳的樣子。

在座位的夾縫間，一名不知道為什麼總是火氣很大的大嬸，來回端送著炒飯或是便利麵之類的東西。大叔們則是吵吵鬧鬧地吃著那些料理、抽著菸、喝著酒。還有人在用很大的牌玩著麻將。

總覺得這地方……

氣氛上很像是我高一的時候，為了到平賀同學老家的工廠領取初代金次模式貝瑞塔，而拜訪過的東京平民街道。不過這裡給人的感覺更貧窮就是了。

接著，戴著破墨鏡的老爺爺伸手指著我，大聲嚷嚷了一些話後，大家就轉頭看向我……

……「哇哈哈哈！」地大笑起來。

這、這是什麼情況？我完全搞不懂啊。

「？？？」

正當我感到困惑地東張西望的時候，剛才那位綁著變形雙馬尾的女孩子就從店內走了出來。

然後……

「喏。」

她把一個沾滿油而黏答答的深盤子不由分說地塞到我的手上。

接著——

店裡的客人們紛紛聚集過來……

將他們盤子裡的食物各丟了一些到我的盤子中。

有剝下來一小塊的饅頭、荷包蛋的一小角、幾湯匙的泰國米，還有小小的香腸。

大家的視線都沒有跟我對上，只是嘴裡呢喃著一些話，並且將食物放到我的盤子中……

又一副害臊逃跑似地，各自回到自己的座位上了。

……這、這哪招？強迫推銷嗎？

「喂、喂！我身上沒有錢啊。妳、妳快來幫我翻譯一下啦。喂、等等……我No

Money啊！」

我還來不及叫那個女孩子幫我拒絕，我的盤子上就堆滿了吃也吃不完的食物。

真要形容的話，這根本就是用深盤子裝的雜燴丼啦。

連中華料理都不算了。跟我在麗思卡爾頓酒店吃到的茶點，或是在添好運吃到的飲茶點心有天壤之別啊……

不過，對於肚子餓扁的我來說，它看起來還是美味得不得了。

「不要『妳、妳、妳』地叫啦，我叫院美詩。來，湯匙給你。吃完之後，要記得跟那盤子一起拿到水槽，自己洗乾淨喔？」

說著，那女孩——院小妹妹嗎？——就把湯匙插在我的盤子上。

「不，所以我就說，我沒有錢……」

已經全身沒力的我，一邊吞著口水，一邊如此說著。

結果院就伸手指向那位戴著破墨鏡的老爺爺……

「珍先生說，『日本人身上的錢被偷走，身無分文。是香港人做了壞事，因此有自尊的香港人要出手相助』呀。而且就算不是因為這個原因——在這裡的大家都很清楚肚子餓的痛苦，所以就說著『給你』，然後把食物放到你盤子上的。」

對我稍微說明了一下剛才的狀況。

（……嗚……）

雖然這樣講很失禮……但在座的大家明明自己才看起來像是沒什麼飯可吃的人啊……

可是，他們卻願意幫助我。

願意給我這麼多、甚至可以把肚子填飽的食物。

怎麼會這樣？這下……剛才還在想說要開槍嚇人的我，真是太丟臉啦。

「謝、謝謝……」

我雖然抱著感謝的心情，環顧眾人。可是他們卻每個人都露出笑笑的樣子，把視線別開了。

我猶豫著用日本式的致謝方法或許有點不妥，不過還是對他們深深一鞠躬後……

坐到店面角落的一張斷腳的椅子上，心懷感激地享用了這盤雜燴丼。

「……」

在這裡的人，大家都感覺很冷淡，又會嘲笑人，做事又強硬，讓人覺得一點都不和藹可親……但是表現出來的行為，卻是很善良的。

感覺在他們的心中，都隱藏著某種大方的態度，或者說是一種俠義心腸。這或許就是他們的民族性吧？

（在這裡的每個人，難道都是傲嬌族嗎？）

就在我心中想著這些事情，吃著雜燴丼，填飽肚子的時候……

「——我一看就知道你是日本人了呢。因為你身上穿著像動畫角色一樣的制服呀。」

剛才那名少女——院就端著自己的食物，坐過來跟我同桌了。

「你是一個人來的？」

「不……我的同伴在一間叫ICC的大樓。可以麻煩妳告訴我怎麼去嗎？」

「ICC？從這裡的話，要坐電車跟渡船，然後換巴士過去呢。可是那些交通工具，現在都沒行駛了喔？在他們開始營業之前，你要怎麼辦？有地方睡嗎？」

「呃……只能露宿街頭啦。」

「我說你呀，不管是哪一條街上，到了晚上都很危險喔？真是拿你沒辦法。」

院對著不諳世事的我皺起她又細又漂亮的眉毛後……

「我的家借你住一晚吧。等到天亮就要啟程喔？」

這女孩也同樣很親切地如此提議了。

「不，可是，女孩子的家……」

「我可是比男生還要強，沒問題的。要是你敢做什麼怪事，我就從窗戶把你丟出去。順便告訴你，我的房間可是在五樓喔。」

院一邊吃著加了餛飩的麵，一邊對我說著這種像亞莉亞平時對待我一樣暴力的話。不管到哪個國家，女性都是一樣恐怖的啊。

「——做為交換，你要盡可能醒著，陪我用日文聊天。我的夢想就是到日本留學呀。可是你聽就知道，我的日文發音很奇怪吧？」

原……原來如此。如果可以用這種方式報恩的話，我也很高興。

雖然不值得拿來自誇，但我唯一很會講的語言就是日文啊。

呃，這真的一點都不值得自誇呢。

剛才我坐在地上時，背後靠的那塊凹凸不平的鐵板，其實是一扇門的樣子。

雖然跟OZONE有著天壤之別，不過這也算是某種暗門呢。

而院所住的房間，就在那扇門後面的樓梯上。

怪不得她剛才要罵我，因為我堵住了她的門啊。

我跟在不知道為什麼要邊走邊解開雙馬尾的她後面，走在水泥裸露、貼了一堆傳單的狹窄樓梯上……

「這裡的熱水，一天只能用三分鐘。所以我用兩分鐘，你用一分鐘喔。」

院說著，忽然就在二樓的地方走進走廊了。

（……她在說什麼啊？）

於是我從L型的轉角處探頭看了一下深處……

「——！」

看、看到啦！雖然只有背後而已！

在那條狹小通道的轉角後方，是一間一公尺平方、貼滿磁磚的超小型淋浴室——面積甚至比日本海水浴場的沖水間還要小。

而院毫無預警地就在那裡脫起她的制服……

害我徹底看到她白色內衣的肩帶，還有背部的肌膚了。

（還、還好我有在偵探科學過躡腳步法啊……！）

我趕緊往後退下。要是被她發現我看到的話，她就會把我從窗戶丟出去啦。

接著，一個裝了鞋子、制服跟內、內衣的籃子滑到走廊上——

「好啦，我們來聊聊天吧。要是我講的話有錯的話，你一定要告訴我喔？」

淋浴的聲音「嘩——」地傳了出來。

蒸、蒸氣都飄到我這邊來——讓我聞到了香皂跟洗髮精的味道。

就算眼睛看不到，這種距離感簡直就像是一起洗澡了啊。

只要我往前走個三步，就可以看到她的裸體。從她身上彈出來的水滴還飛濺出來了。

可是，既然她要求跟我對話，我也沒辦法拔腿開溜啦。

「啊、對了。說到日本，聽說現在有超人從日本來到香港了喔。」

「超、超人……？」

「我讀的學校呀，是給五架可歸……無價可貴？呃……」

「妳說無家可歸嗎？」

「對，就是那個。是給無家可歸的女孩子就讀的地方。雖然不用繳學費，可是需要做一些工作。而我們現在被通知說，要是看到了那個超人，就要報告學校呢。」

「是有什麼通緝犯從日本逃到香港來了嗎？呃……真是給你們添麻煩了。身為一個日本人，我向你們道歉。」

「聽說在地下社會，那個人最近被取了一個稱號，叫『化不可能為可能的男人（Enable）』。不管被逼到什麼地步，他都會用教人難以想像的方式突破困境，反擊敵人的樣子。另外，看過照片的同學跟我說……那個人好像挺帥的呢。」

院一聊到帥氣男生的事情，聲音就變得有點興奮起來了。

她果然是個女孩子。

「哦……原來有那樣的傢伙啊？」

「哎呀，反正絕對不會是你啦。」

院把臉從轉角處探出來，對我笑了一下後，「嘰、嘰」地關緊水龍頭——又把頭縮了回去，似乎從天花板上拿了一條浴巾在擦拭身體的樣子。

接著……

走出來啦！身上只包著一條浴巾而已！

「……嗚……嗚！」

趕緊想要後退，卻被上樓的樓梯絆到腳，失去平衡的我——

「來，只剩一分鐘囉。肥皂我幫你放在裡面了。」

被她用一個新的籃子蓋在頭上，變得像一名虛無僧一樣了。

院的房間如果用日本的單位形容的話，就是兩塊榻榻米的大小（一坪）。

雖然窄得要容下兩個人都嫌擠，不過畢竟還是女孩子的房間……

牆壁上掛滿了可愛的鑰匙圈，棉被是粉紅色的。只有鏡子用的是稍微有點裂痕的東西。

「只要把腳彎起來，還是可以躺在地上吧？」

我照院所說的躺到地上後，穿著睡衣的她就跨過我的身體，爬到床上。

（……嗚嗚……）

雖然這裡確實比露宿街頭安全，可是在爆發模式上來講，還是個危險空間啊。

就跟之前我到望月萌的房間時一樣。首先，這裡充滿了女孩子特有的——一種酸甜香氣。這難道是世界共通的現象嗎？

而且，因為這個房間很小的關係，女孩子的費洛蒙簡直就是濃縮狀態。

最要命的是，剛洗完澡的院，身體上不斷冒出香氣……太、太刺激啦。

——如果是劍砍或槍擊，我還有辦法避開。

可是人的味道是沒辦法閃避的。

而且我還擁有與生俱來的靈敏嗅覺，光是用聞的，可以分辨出巴斯克維爾小隊那些女生們的味道。在這一點上，我甚至有自信可以贏過那位傳聞中的超人先生。

話雖如此，我也不能在鼻子上抹曼秀雷敦，或是在房間中撒除臭劑。畢竟我身上根本沒有這些東西，而且這樣做也很失禮啊。

「地板應該很硬，睡起來很痛吧？我的枕頭借給你啦。」

她還丟了一個滿是殺人香氣的東西給我……！

要是我睡覺翻個身，把鼻子埋到枕頭裡——我搞不好就會當場爆發，引起國際問題啦！

可是，如果我說什麼「都是女人味道，我不要」的話，也說不過去。而且地板確實很硬啊。

好，既然這樣，我就用嘴巴呼吸，停止從鼻腔吸氣吧。就跟我在武偵高中時，女孩子們體育課過後殺到我房間來的那天一樣的作戰方式了。

就在我像這樣與看不見的敵人進行著激烈戰鬥的時候……

「我問你喔，『飯糰（onigiri）』跟『握飯（omusubi）』有什麼差別？」「『河童』是什麼？」「『新上市』這個詞在上市之後可以用多久呀？」

關上電燈的院，還繼續在問著一些有相當難度的日文問題。

於是我只好半睡半醒地，一一解答她的疑問。

「兩個是同樣的東西，『握飯(omusubi)』只是為了忌諱『砍掉(giri)』這個發音，而用的另一種叫法。」「雖然我沒見過，不過那是日本鄉間流傳的一種妖怪。全身都是綠色的，頭頂上有個盤子，喜歡吃小黃瓜。」「時間上沒有特別定義。聽說以前有一種叫『小健拉麵』的產品，上市了八年以上，還在用『新上市』這個詞的樣子。」

我在回答的同時……不禁對她強烈的學習欲望感到驚訝。

或許在經濟發展中的中國，「學習」這樣的行為在印象上，會讓人聯想到飛黃騰達，也就是富裕的生活吧？

而事實上，如果她將來成功與日本建立起買賣關係，搞不好真的就可以賺大錢了也不一定。

那樣一來，她也就能夠脫離這個貧窮的生活了。

(加油吧，院。)

學習……看來在讀書這方面，我也要向她看齊才行啊。

畢竟我雖然跟在這裡的大家程度上不太一樣，不過也總是會為了缺錢而煩惱呢。

3彈　猴與孫

隔天早上——

我為了報答昨晚的一飯之恩，而早早就起了床，想要為住在香港版長屋——也就是大樓裡的居民們幫上什麼忙。再說，在那間充滿香氣的小房間裡，我根本沒怎麼睡到啊。

——走出大樓後，我發現一大清早就有許多人已經在工作了。

因為我分不清楚哪些是昨晚分食物給我吃的人……所以我決定不管對象是誰，都盡量幫忙一些我可以做的事情。像是幫老爺爺把米袋堆到貨車上啦、幫看起來很吃力在打水的大嬸提水桶啦、洗碗啦、抓捕逃走的雞啦。只要能做的事我都做了。

雖然在語言上沒辦法溝通，不過在不知不覺間……

我發現大家似乎都放下了警戒，而會對我露出普通的笑容了。

正當我像這樣忙東忙西的時候，那位大概是這邊長老級存在的破墨鏡老爺爺——珍先生走了過來……把我帶到大樓對面的一家店裡。

這家店的椅子跟桌子都擺到了路上，把建設中的高速公路充當屋頂。

簡單來講，就是露天咖啡廳狀態了……只是格調並沒有那麼高，而比較接近攤販的感覺。

在這間大量居民們聚集的店裡，身穿白色制服的院正在吃著粥……

「你變成這棟大樓中的話題人物了喔。大家都在說，有個不會講話，可是工作很勤奮的男人呢。」

她手上拿著調羹，臉上有點無奈地對我搭話。

然而我卻是心不在焉地隨便回應了她一聲，視線則是看向眼前的光景。

建設中的高速公路前端，緊貼著海岸劃出一道弧線——

——從縫隙之間，可以看到海峽，也就是維多利亞港。

而在遙遠的對岸，一片模糊的景象中直衝天際的就是……

……ＩＣＣ大廈……！

「你的同伴，就是在那裡對吧？」

看來，院把我的事情告訴珍先生了。

（就是因為從這裡可以看到ＩＣＣ大廈，所以他才把我帶到這裡來的啊。）

站在一旁的珍先生瞇起了墨鏡下的小眼睛，露出一臉「怎麼樣？」的得意表情。

接著，他不知道說了些什麼話，又遞了一份中文報紙給我。

「……？」

「珍先生是說：『為了不要再被偷東西，你就一邊走，一邊裝作在讀這個吧。』」

原、原來如此，拿著香港的報紙，就會讓人以為我是香港人，也就不會再遭遇到以觀光客為目標的扒手啦。

我收下那份報紙後，珍先生便吹著口哨離開了……

緊接著我才發現，報紙中夾著一張二十元港幣的鈔票。

換算成日幣，大概是兩百元左右。

只要有這些錢……就可以搭乘路面電車，然後坐渡船到對岸去了。

「真是的，珍先生人也太好了吧？」

院用鼻子哼了一口氣後，站起身子。

「那我要去學校了喔。你吃完之後，就回去ICC吧。用眼睛就可以看得到了，就算用走路的，應該半天之內也可以到達啦。另外……剛才這間『粥品專家』的店長拜託我幫忙翻譯了。那是正鯪魚丸粥。她說是給你的謝禮。」

剛才我幫忙打水的那位大嬸，端了一碗粥放到我的面前。

面對不斷道謝的我，院有點害臊地丟下一句「粥會冷掉的，快點吃啦。」便離開了……

想到自己根本沒有向她報過名字，而感到有點後悔的我——

（不管是要走路還是怎樣，不吃點東西就沒辦法撐到ＩＣＣ大廈啦。）

在到處可以聽得到中國話的店內，吃著店長請客的早粥。

這裡似乎是一間很有人氣的粥店，源源不絕地有客人來光顧。他們什麼也不說就坐到跟我同桌的位子上，吃完之後就馬上離開。看來在人口過密的都市——香港，與陌生人同桌用餐是很正常的事情。

我拿到的這碗正鯪什麼什麼粥——是在裝了整碗的稀飯裡加了一些魚肉做的丸子。味道上給人的第一個印象就是很清淡。

不過我有樣學樣地模仿其他客人，拿起桌上的薑片跟醬油隨便加了加，再嘗一口……真是超級好吃的。

（我從來沒有吃過這麼美味的粥啊……！）

我最後甚至把整個碗端起來，「滋滋滋」地把粥吸進嘴裡……

接著，「咚」一聲將碗放回桌上。

而坐在我對面的一名少女，也跟我用同樣的姿勢吸著粥……

和我同時「咚」地將碗放到桌上。

於是我跟那名少女便對上了視線。

「——！」

我忍不住瞪大了雙眼。

「……！」

而對方也睜大了圓滾滾的大眼睛，露出驚訝的表情。

這……這名留著一頭幾乎快碰到地板的黑長髮、看起來大概只有小學五年級左右的少女——

（——是猴……！）

雖然過於偶然的狀況讓我一時以為是自己看錯了，但不會有錯。

這傢伙——就是在鏡高組的屋頂上射殺了我弟弟的藍幫戰士，猴！

我跟猴都全身僵硬地互相凝視了一秒、兩秒後——

「——猴！」

「不是的不是的您認錯人了呀哇哇哇！」

碰磅！

想要拔腿逃跑的猴，居然連同店家的矮凳一起，往正後方翻倒。

她身上穿的是那套露出肚臍的名古屋武偵女子高中短版水手服，結果那條超・超短迷你裙便當場掀了起來——讓我看到那條像皮帶一樣纏在她腰上的尾巴扭動了一下。

妳說我認錯人？我怎麼可能會認錯人！

雖然給人的感覺跟那天晚上有點不同，但她就是猴。絕對不會錯！

畢竟這世界上怎麼可能會有那麼多長了尾巴的女生啦。除了妳之外，也頂多就是玉藻而已啊。

——碰！

我像香港電影的情景一樣跳過桌面，結果猴就扭動身體、閃避開來。

接著，啪！

她抓準了絕妙的時機，在我落地的同時用尾巴掃了一下我的腳。

「——嗚！」

居、居然給我用尾巴啊。這一記完全出乎預料的掃腿，害我當場跌倒後——

「呀哇啊啊啊啊啊啊！」

大呼小叫的猴推開其他客人，從高速公路下逃走了。

身手怎麼會那麼靈活……！簡直就像是真的猴子一樣啊。

猴接著跳上一臺停在店外、加裝了輔助輪的腳踏車，「嘰嘰嘰——！」地用幾乎快扯斷鏈條的速度衝了出去。結果才騎了十公尺左右，就「碰！」地自己撞上一根標誌桿，然後丟下腳踏車逃跑了。妳是為了什麼騎車的啦？

雖然這場單人車禍幫我爭取到了跑出粥店的時間——

可是猴卻依然越逃越遠，讓她斜背在肩上的包包不斷跳動著。

好快！明明她高舉雙手逃跑的姿勢，一點都不適合全力衝刺的說。

而且對方在地理上占了優勢，不斷穿梭在錯綜複雜的大樓間小巷，讓我光是為了不要跟丟她就已經很吃力了。

不過猴也老是做出一些我一看就知道的多餘假動作，讓我們之間的距離一下被拉開，一下又縮短。

換言之，就是一進一退的追擊戰了。

──猴一邊往前奔跑，一邊轉回頭，看到我還跟在身後，就睜大了眼睛……

「呀哇啊啊啊！」

發出莫名其妙的尖叫聲，衝進斜坡上的一座公園裡了。

這座公園中，有很多牆壁跟樹木──是香港的愛鳥人士經常聚集的場所。

裡面到處都吊著鐘型鳥籠，裡面有小鳥用美妙的聲音啼叫著。猴靈活運用了這個地方視野較差的特性，逃往公園深處的鳥市場。

（──怎麼能讓妳逃掉！）

這可是千載難逢的機會。

我就是為了追捕妳，才飛越了好幾千公里的距離，來到這裡的啊！

而且對方從剛才就一直都沒有做出攻擊的動作，想必是她的身體狀況還沒有恢復。只要我抓到了她，就可以洗刷我迷路的汙名啦。

然而，就在我進入鳥市場狹窄的小路之後……

「……嗚……！」

我把猴追丟了。

不過，不用著急。這裡是山丘上。

對方要是敢從這裡逃出去，就會有被我從上方發現的風險。

因此，猴應該還躲在附近，打算等我離開才對。

「……」

我將手伸進外套中，偷偷拔出貝瑞塔……一邊用眼睛尋找猴的身影，一邊走在鳥市場中。

周圍垂吊著好幾十、好幾百個裝了各式各樣鳥類的籠子。

鳥類的味道非常嗆人。

色彩鮮豔的鸚鵡歪頭看著我；配色像熊貓一樣的喜鵲唱著歌；裝在同一個籠子裡的好幾隻鸚哥在跳舞；野生麻雀縱橫無際地飛翔著。

……嘰嘰嘰嘰、啾啾啾啾……

從四面八方不斷傳來鳥類的鳴叫聲。

敵我雙方的腳步聲都被掩蓋，而聽不清楚了。

最後，或許是對方覺得那裡太噁心了，所以我不會轉頭去看吧……

在販賣著新鮮的鳥飼料，也就是活生生的毛毛蟲與青蛙的地方——

「……！」

找到猴了！

她長長的黑髮散在地面上，蹲在一張桌子後面，探出三分之一的頭——把眼睛露出來，窺視著我的方向。

於是我裝作沒有發現她，並緩緩縮短彼此的距離……

「——猴！」

唰！

就在我進入七公尺的手槍交戰距離，並舉起貝瑞塔對準猴的時候……

猴居然拿起一個裝滿活蟋蟀的透明塑膠袋，朝我丟了過來。超噁心的！

「等等……！」

我忍不住避身閃開那一袋蟋蟀，再度將頭抬起來後，發現猴已經拔腿衝出了市場——

她打算逃進位在深處的一間寺廟，卻在門口被流浪狗「汪！」地大吼了一聲。

「呀哇啊啊啊啊！」

大聲尖叫的猴，因為身上的包包被野狗咬住的關係，而當場跌倒了。

「不要呀不要呀不要——！」

結果她雙腳一軟，全身趴在地上，也忘了在身後追捕她的我，用雙手抱住了頭。

穿著那條超級短裙的屁股還對著我的方向。

唉……

猴已經徹底陷入恐懼，連尾巴都夾在兩腿中間了。

看來……她非常怕狗的樣子。

雖然俗話說狗與猴不相容（註2），但現在的狀況根本是猴子單方面被打壓著啊。

我走近那個一擊斃掉GⅢ、卻輸給野狗，讓人搞不清楚到底是強是弱的猴……

「──好，不許動。」

繞到她的頭部側面，將槍口對準了她。

野狗因為討厭火藥的味道，而逃了出去──

猴這才總算淚眼汪汪地抬起頭來，四肢依然趴在地上。

「不准把眼睛轉過來。如果我判斷出妳準備用雷射攻擊，我立刻就會開槍。日本的武偵法禁止的是**殺人**，但妳根本不是人類啊。給我乖乖把雙手舉高──」

雖然我其實沒打算殺她，只是因為要是讓她逃掉會很麻煩，所以稍微嚇唬她一下後……

──碰！

註2　日本諺語，形容兩個人之間水火不容。

我的後腦杓忽然被一個棒狀的東西敲了一下。

「痛啊！」

我趕緊轉頭一看……嗚喔！超刺眼的！

一名頭頂光光的和尚從我背後的寺廟走了出來，手上拿著法杖在對我大罵著。

因為他講的是中文，讓我聽不太懂，不過看來我又惹人生氣啦。

「啊……」

接著，我總算搞懂了。

那位和尚伸手指著我的手槍，應該是在叫我不准在寺廟拿出武器吧？

寺廟、神社跟教會這些地方，是神聖的領域。

不管是有什麼壞人躲到裡面來，都不可以在這種場所大打出手的。

這是身為一個人，必須要遵守的不成文規定。而且是世界共通的。

就像之前在京都，蕾姬要進入三十三間堂的時候，也被扣留了武器啊。

話說，猴就是因為這樣，才逃到這裡來的吧？真是一隻狡猾的猴子。

「……喂，猴，我雖然對妳有仇恨……但是在寺廟不能打架。算妳撿回一命啦。」

我……把貝瑞塔的擊錘扳回原處，收進槍套裡了。這也沒辦法啊。

要是我在這裡對猴開槍，結果後來遭到天譴的話，我也會很嘔的。

猴被一臉不悅的我低頭瞪著之後……

「嗚……嗚……」

發出了超級沒出息的聲音，把剛才被野狗咬過的包包抓了回來。

接著，她看了一下裡面的東西後……

滴答、滴答地落下眼淚來了。

（怎麼回事？）

……那裡面總不會是裝了什麼爆破物吧？

我因為身為武偵的習慣，而稍微窺視了一下……

結果看到包包裡面裝的是破碎的乾麵。那東西看起來原本應該是圓球狀的一團黃色細麵。是雞蛋麵嗎？

正當我這樣想的時候……

「嗚……嗚哇哇哇哇哇哇……嗚嗚嗚嗚嗚……」

哭、哭出來了。

猴居然哭出來了。

於是，那位和尚瞪了我一眼，像是在說：「你怎麼可以惹一個女孩子哭？」

不，這不是我害的啊……至少有一半不是。

因為猴哭到最後甚至開始抽搐起來，讓人覺得實在是太可憐了。

於是我跟和尚就分別用日文跟中文安慰她，並且把她帶到寺廟裡面。

我還是第一次進到中國的寺廟……感覺很多地方跟日本不太一樣呢。

首先讓我注意到的，就是天花板上掛滿了漩渦型的香。

這東西我在白雪的旅遊指南上也有看過，據說是燒完之後就可以實現願望的東西。

而在大堂深處祭祀的神像是……關羽、嗎？

在日本的印象中，應該是三國志的武將才對。原來關羽也是神明啊？

在神像前面，則是供奉著裝在塑膠袋裡的水果，以及一疊一疊看起來像現金的紙。

然後……

蹲坐在大堂角落的猴，拿著包包低著頭，依然繼續啜泣著。

「……嗚……嗚……」

呃……這下該怎麼辦啊？真是傷腦筋。

雖然作戰很順利，讓我遇到了藍幫，而且還是猴本人……

可是情況的展開實在出乎我的預料，讓我不知道該怎麼對應啦。

就在我感到不知所措的時候……我跟猴的肚子同時「咕嚕……」地發出聲音來。

我又肚子餓了，而且猴似乎也一樣。畢竟我們都是中斷了早餐，一路跑到這裡來的啊。

我抱著頹喪的心情，坐到猴的身邊……試圖在腦中整理現在的狀況。

「……」

但是，我很快就放棄了。

那也是當然的，畢竟謎團太多啦。

首先，猴給人的印象，跟她攻擊GⅢ時差太多了；而且當時沒辦法溝通的日文，現在卻能溝通了；另外還有她帶著雞蛋麵到處跑的謎團……這一點好像不太重要，不過如果我不盤問她一下的話，有太多事情讓我搞不懂了。

就這樣……當我們兩個人都坐在地上，讓肚子咕嚕咕嚕叫著的時候……

剛才那位和尚走進來，回收了供桌上的東西。他接著翻找了一下塑膠袋，拿出一串香蕉跟裝了餅乾的盒子。

然後，他把那些東西遞到我手中，並且在我耳邊偷偷說了些什麼話。呃，所以我就說我聽不懂中文嘛。

不過，我還是稍微理解他的意思了。因為他做了一個摸摸頭的動作，應該是叫我「不要放著在哭的女孩子不管，快去安慰她」的意思吧？

等到和尚離開之後……

「……喂，我拿了一串香蕉來啦。」

我說著，把那串香蕉亮到猴的眼前。

於是，她瀏海下的眼睛稍微看了一下香蕉。

……好，看來她不哭了。食物的力量還真是偉大。

我想對一隻猴子來講，香蕉應該比餅乾更有吸引力吧？結果看來我猜對了。

「妳肚子餓了吧？我也餓了。我們就分著吃吧。」

「……好。」

哦？她回應了。

我拔起一根香蕉，遞給猴之後，她就乖乖地把皮剝開……咬了一口。

嚼嚼嚼。

小小的嘴巴咬著香蕉，一副很美味地不斷吃著。

看來猴果然很喜歡吃香蕉的樣子。她很快便吃完了一根，又自己拔了一根。

（不妙，我也要趁她全部吃完之前吃一點啊……）

於是，我也拔了一根香蕉給自己。

雖然我對香蕉並沒有特別喜歡或特別討厭……不過我在強襲科學過，香蕉是一種容易消化，很快就能轉化為能量的食物。所以職業摔角手都會吃很多香蕉，而自然界中以怪力聞名的大金剛也會吃香蕉。

在寺廟中與猴一起坐在地上吃香蕉，就在這樣奇妙的情景中……

我忽然想起了「今天早上的粥真是好吃啊」這類與食物相關的事情。

「……妳剛才在那個地方做什麼啊？」

因為我不知道該從什麼地方問起，而隨口丟出了這個話題。

「猴才想問遠山在做什麼呢。」

她居然劈頭就對我直呼其名了。

「我是、呃……那種事情不重要吧？」

原本意氣風發地從日本進攻過來，卻因為身上的錢被扒走而走投無路——這種話我哪說得出口啊？太沒面子了吧？

「不要用提問回答提問，現在是我在問妳。」

「猴、猴是……被昭昭命令，到北角的店來買金絲全蛋麵的。因為昭昭說非要買這家店的麵不可，所以猴就騎腳踏車來了。」

雖然講話的方式有點奇怪……不過猴的本性似乎很乖，而老實回答我了。

看來她是被命令跑腿，來買那個雞蛋麵的樣子。

（話說，猴在藍幫中是負責跑腿的啊……？）

明明是背負組織命運的戰士，卻要負責跑退。

雖然感覺很不合理，但我也常常會被亞莉亞叫去跑腿，所以照金女的講法，這或許是很合理的。

（……也許不管是在哪個組織，戰鬥員的地位都很低呢。）

而且，這傢伙會被人叫去跑腿，也不難理解。畢竟她看起來個性很懦弱啊。雖然沒有像中空知那麼嚴重啦。

照她的個性，被昭昭那種強硬型的人命令的話，應該沒辦法拒絕吧？

不過，這一點正是我感到最疑惑的地方。

「話說妳啊，給人的感覺跟攻擊我老弟的時候很不一樣說。而且又會講日文。」

我直截了當地如此發問後……

「猴……猴只能以死謝罪了。」

她拿著香蕉，又把頭低下去了。

「等到走出這間寺廟後，你就開槍把猴殺了沒關係。日本人雖然直到最後都不會放棄，但中國人只要時限到了，就會放棄得很乾脆的。既然猴已經被遠山抓到，那就是猴的時限了。」

因為猴又發出鼻音，開始啜泣起來，結果在大堂深處的和尚又瞪了我一眼啦。

「不，呃……剛才我那是嚇嚇妳罷了……我沒有生氣到真的會殺掉妳啦。別哭，妳別哭啊。」

「可是我、那天晚上、殺了你的弟弟。雖然出手殺人的是孫，可是猴也有沒能出面阻止的責任。孫當時因為那個男人身上發出的霸氣，而感到開心、高昂……結果就殺人了。到現在……猴已經、沒辦法阻止孫了。孫是個恐怖的女人……猴、非常怕孫呀。」

孫……猴……？我不太聽得懂她在說什麼……

不過，看來她誤會自己殺了GⅢ，於是我就姑且告訴她這一點了。

「呃……其實我家的老弟，暫時還活著啦。」

「咦！為什麼還活著！他明明就被如意棒貫穿了呀！」

猴嚇了一大跳，用力睜開她圓滾滾的大眼睛。

橘紅色的尾巴也豎了起來。

結果她那件超短迷你裙的後面就整個掀開來，害我趕緊把視線別開。

「……那是商業機密。畢竟我跟妳還是敵人啊。話說，妳講的『孫』，是指孫悟空的孫嗎？難道妳跟昭昭一樣……也有好幾個長得一模一樣的人在擾亂敵人嗎？」

要是這個小不點也是人海戰術專家的話，事情就很棘手了。於是我這麼問她後——

猴搖了搖頭，做出否定的動作。

「猴跟孫，是使用同一個身體，可是心靈不同的兩個人。不一樣的兩顆心，存在於同一個身體裡。平常的時候都是猴，但戰鬥的時候就是孫在使用身體。這種現象在日文中該怎麼說呢……」

——雙重人格……

這傢伙、有雙重人格嗎？

「……似乎也是有可能的。畢竟我之前打過一個叫『弗拉德』的傢伙，也是同樣的狀況。你們這些妖怪人種，似乎為了潛入社會，都會自己創造出別的人格啊。」

我用一副好像很明白的態度如此說道，但猴卻用力搖搖頭，晃動她又長又亮的黑髮。

「猴並沒有把孫做出來。是古代的皇帝，利用從倭國──也就是日本傳來的巫女祕術，將猴關在石牢裡三年的時間，把武神的心放進猴的身體裡來。那就是孫了。」

……利用人為的方式，植入人格的法術……是嗎？

如果是以前的我，對於這種事情應該會說「在心理學上不可能」之類的話，一笑置之吧？

然而，現在的我已經不一樣了。

因為這半年來，我遭遇過太多宛如在嘲笑教科書或學術書籍的誇張體驗啦。

──就算有這種事情也不奇怪。

我想我還是抱著這樣的前提，繼續認真聽她說吧。

「……為什麼妳會被做出那種事情？」

「皇帝他，想要成為神明。而猴就是被拿來做實驗的。」

「實驗……也就是說，那位皇帝也變成像妳這樣了嗎？」

猴又搖搖頭，甩動她的黑長髮；

「——在實驗中，發現了那個祕術有缺陷。原本孫應該是只能靠猴的意志，才能出來的……可是最後卻是從外部也能控制她的出現。而藍幫現在知道了那個方法。那是一種叫『佩特拉之鑰』的祕術，是埃及人發展出來的。」

如果用我的方式整理她說的這些話……

・猴是一名利用人為方式創造出來的雙重人格者。

・在猴的身體裡，有個叫「孫」的人格。

・這個猴雖然是個弱小的女孩子，可是那個孫卻是個會放雷射的女超人。

・關於猴／孫之間的切換，藍幫也能夠辦得到。而且可以推斷，這個技術應該是「眷屬」的同胞——佩特拉提供的。

應該就是這樣吧？

「孫被叫出來協助人類的這種事情，是大約一千四百年前——三藏法師玄奘之後了。玄奘大人雖然是一名心地善良的人，可是藍幫卻是為了自己的慾望而利用孫。所以猴……猴……」

猴所說的三藏法師，就是在西遊記中登場的那名僧侶的名字。

這下看來，她果然就是孫悟空啊。

不過，根據她本人的講法，好像跟傳說故事又有點不同……所謂的孫悟空，是過去的政權下創造出來的人工超人。也就是說，現在美軍在進行的人工天才計畫，其實中國在幾千年前就已經做過同樣的事情了。而且還是像猴這樣，以妖怪人種為素材。

話說，猴到底是幾歲啊？看起來明明像個小孩子說。

難道就跟玉藻一樣，所謂的怪物——妖怪族的人，身體都不會成長嗎？簡直就跟某個人一樣呢。

（話說回來……這下……）

原本就已經很棘手的問題，變得更加棘手啦。

她的眼睛曾經攻擊過GⅢ，以後搞不好也會攻擊我。

但是，在「雙重人格」這種疾病的構造上，猴並沒有罪。就算在法庭上也會被判無罪吧？

對我來說，要不容分說地打扁她，然後擺出勝利手勢，感覺好像不太對啊。

「我說妳——既然會在那邊哭，為什麼還要服從藍幫那群人啦？」

感到煩惱的我，姑且問了她一個讓我感到很奇怪的事情。結果……

「猴……並沒有親人兄弟，也沒有錢，身體又一直都是孩童的狀態。在現代的社會中，猴不知道該怎麼生存下去呀。後來，就是藍幫救了猴。藍幫是個會把地位與名聲賣給有錢的成員——然後用換來的錢保護無家可歸的人，並給予這些人戶籍、教育這些人、給這些人工作機會的組織。多虧有藍幫，猴才有辦法在現代社會中活下去的。」

問題又變得更複雜啦。

因為我對昭昭在日本做壞事的印象太強烈的關係，而一直都以為藍幫單純是個極惡非道的組織……可是……

搞什麼，原來這群不法之徒的集團，在道義上也不是徹底的壞人嘛。

可以用金錢買到地位的這個系統，聽起來好像也是為了用那些錢幫助有困難的人啊。

「……」

好啦，這下我該怎麼辦？

吃完香蕉的我，搔著腦袋陷入了沉思。

（單純把對方想成是極東戰役中的敵人，在這裡把猴抓回去，真的好嗎……？）

要是孫從猴的體內跑出來了呢？

或者要是藍幫利用所謂的「佩特拉之鑰」，從遠處把孫叫出來了呢？

——我應該會輸給孫吧？

就連爆發模式下的GⅢ都輸給她了，平常狀況下的我根本不可能贏啊。

要帶著這樣一位像炸彈一樣的少女到處走動，風險太高了。

所以立刻把猴逮捕起來的想法，暫時還是先放棄吧。

唉，虧我當初還揚言說什麼要主動出擊，現在我到底在搞什麼啦？

「……我們該怎麼辦呢？」

孫雙手抱著大腿，問了我一個這樣的問題。

看來她似乎也跟我一樣，不知道接下來該怎麼做的樣子……

「嗯……我想想……」

於是……

「我看乾脆這樣吧，我們各自回去向上頭的人請示好啦。」

我提出了「帶回公司進行討論」這種非常像日本人做法的提案。

「上頭的人？」

「既然妳是在猴的模式下，就算我想跟妳打也難以出手。所以說，我想提議談和。把我跟妳相遇過的事實，各自向巴斯克維爾與藍幫——也就是自己的組織報告後，向各自的成員徵詢意見，並且互相提出和解的條件，再進行會議吧。」

「會議，是指要坐下來談嗎？可是，如果談判失敗……」

「那就戰鬥吧，畢竟那就是我的工作啊。不過，這場和解會議搞不好會很順利也不一定。既然有機會，就沒必要放棄。我這個人並不是很喜歡戰鬥，我想妳應該也是一樣吧？」

「咦咦——！」

「看妳的反應，妳大概是已經知道我過去的經歷了吧。但是妳別露出那種打從心底感到意外的表情好嗎？很失禮啊。」

「是……」

「總之，我跟妳……或者應該說是跟孫，還是有可能要進行戰鬥。所以我不能告訴妳我們陣營的布局，或是同伴們的動向。而猴也不需要告訴我藍幫的據點位置或行動沒有關係。我不會跟蹤妳，妳也不要跟蹤我。現在的狀況下，我們之間既不敵對，也不友好。」

「知、知道了。」

猴乖乖對我點頭了。

於是……

「好，那麼……妳再陪我一下吧。」

我總算才站起了身子。

而猴則是對於我的提案露出莫名欽佩的表情，並站起來跟在我身邊。

在寺廟的深處，那位和尚大概是以為我成功把猴安撫下來了（實際上也確實是那樣啦），對我比了一個大拇指，像是在對我說「做得好」似的。

我帶著猴，回到北角的平民區——

來到猴說她剛才來買過的製麵店，買了那個叫「金絲全蛋麵」的球型乾麵。

接著，就把它放進猴的包包中。

「遠、遠山，為什麼你……要把那個給猴？」

「要是妳沒有買回去的話，就會被昭昭罵了不是嗎？」

雖然這害我多花錢了，不過因為我追著猴跑，才讓她失去了乾麵也是事實。

另外……

我也覺得很同情猴就是了。

她實在是很可憐。

或許她原本只是個溫馴的中國妖怪，卻被人類勉強植入了其他的人格……而且還因為那個人格被利用的關係，被迫參加自己不願參與的戰鬥。

畢竟我也是因為爆發模式——也就是在某種意義上的另一個人格，而過著類似的生活，所以就忍不住會同情猴啊。

（唉……）

珍先生給我的珍貴二十元港幣，這下只剩船票錢而已了。

連路面電車都沒辦法坐，我只能徒步走到渡船口啦。

不過，也罷。靠香蕉的能量應該有辦法吧？

「……遠山，你是個又強、又聰明、又善良的人呢。」

只不過是買了乾麵給她，猴的眼眶裡就湧出了淚水，抬頭看著我……

「別太高估我啦。我在這個香港，才剛深切體會到自己的無力勒。」

我頓時感到害臊起來，而別開了眼睛。

結果──

「收下這個麵，讓猴做出覺悟了。」

猴「唰」地一聲，單腳跪了下來。明明她身上穿的是一條超短迷你裙的說。會看到，會看到啦。

即使對方只是個小學五年級左右的少女，我也因為對爆發模式的警戒心而不禁慌張起來。

跪下身子的猴，用單手做出膜拜的手勢，並且用另一隻手握拳，壓在膜拜的手掌上，對我低下了頭。

這動作──我在三國志的古裝劇中有看過。

是中國的武將向對方深深表達敬意時的姿勢。

「猴接下來要說的話，跟剛才說過的放棄不一樣，而是出於尊敬的發言：萬一交涉進行得不順利，而猴又被換成了孫……跟遠山進行戰鬥的話，請你到時候就殺了我。孫是一名喜歡戀愛與戰鬥的武神，她想必會對遠山這樣厲害的男人抱有情愫，而在一開始戰鬥的時候只會鬧著玩而已。遠山只要乘這個機會搶到上風，應該就可以殺了孫。想要殺孫，就只有這個機會而已了。」

「不，別在那邊說什麼殺不殺的……我剛才也說過了，我沒有那種──」

「利用『佩特拉之鑰』將孫叫出來的手法實在太強力了。在那樣的狀況下，**猴沒有辦法阻止孫呀**。」

「妳知道自己在說什麼嗎？要是我殺了孫，猴——妳也會死啊。」

「沒有關係。猴希望活得有自尊，死得有尊嚴。就算是因為有恩，猴也不希望再繼續被人類利用了。更何況……」

猴說到最後，聲音低沉下來。

感覺她變得又更加嚴肅了。

因此我也轉頭看向猴，與她對上視線——

「——猴不想要殺了你。」

在道別的最後一刻，全身戰慄起來。

猴明確地對我提出了警告。

——**不殺了我，你就會死**——

（猴……）

世界是很大的。

並不是只有單純很強的敵人，或是單純很邪惡的敵人。

——也是有像她這種類型的敵人啊。

中午過後，我搭了五分鐘左右的船，度過維多利亞港，來到尖沙咀——

也就是我跟白雪觀光過的那個熱鬧的九龍半島。

剛才我在寺廟拿到的餅乾，沒想到竟然是樂天(LOTTE)的巧克力棒(TOPPO)，不過我最後還是忍著沒把它吃掉了。

等我見到巴斯克維爾的那些女生，就把它當作是賠罪用的禮物吧。

因為盒子上寫著「PEPERO NUDE」這種奇怪的名字，所以一定可以讓她們感到很有趣的。

尤其是亞莉亞，我就多分給她一點好了。畢竟那個晚餐的約定，我放了她鴿子啊。

我接著穿過了開發地區的建築工地……

總算抵達了睽違二十四小時的ＩＣＣ——麗思卡爾頓的地面出入口。

哦～在入口車道上，依舊有勞斯萊斯停在那邊呢。

雖然同樣是車子，但跟在北角的路上來來回回的人力拖車就是不一樣啊。

正當我腦袋想著這些事情的時候，那輛高級車的電動窗就放了下來——

「——小金！」

白雪彷彿貞子一樣，從車窗探出了上半身。

因為她很用力的關係，豐滿的胸部就順勢彈了起來，又撞在車門的外側上。我、我才剛回來，妳就讓我看到如此厲害的場面啊。

話說，妳開門走出來不就好了嗎？

「太好了、太好了、太好了……昨天大家都組成搜查隊，到處在找你呢！」

從勞斯萊斯的車窗爬出來的白雪，「踏踏踏踏！啪！」地衝到我面前，抱住了我的身體：

「——我們為了小金萬一回來時可以有人接應，而輪班留守在這裡。而我就是為了要回來交班，沒想到竟然讓我見到你了……這真是命運呀！」

「呃，那個……抱歉。因為我的手機跟錢包都被人偷走了……」

我一邊道歉，一邊裝作若無其事地把白雪剛剛讓我見識到那個衝擊性招式的胸部推開。

「如果是平常的話，我就會跟金女妹妹合作，一起確認小金的行動跟郵件。可是在旅行的時候，就沒辦法那麼仔細監視了……對不起、對不起、對不起！」

「……嗯……嗯？」

總覺得她剛才的發言，好像有一部分很有問題——

但是在我發現問題之前，白雪就忽然露出「……！」的表情，接著開始像小狗一樣嗅著我的味道。她這是在做什麼？

「有某個人——有女人的味道呀，小金……！」

居、居然在巴斯克維爾小隊中，除了我之外還有嗅覺如此敏銳的人物啊！

話說，女人的味道，難道是指猴嗎？還是院？

不，我現在還是別說吧。反正我也沒做什麼虧心事。

關於猴的事情，就等到大家都集合之後再說好了。我的直覺告訴我，要是現在說出來的話，一定很不妙。

「那、那是因為我跟很多人擦身而過的關係啦。現在重要的是，我有事情要向大家報告才行。」

於是我模糊帶過之後，就帶著白雪進入了麗思卡爾頓酒店中。

白雪在搭電梯的途中，一直陶醉在她找到我的功勞上。

「上次亞莉亞跟我炫耀說，她在跟黑道的戰鬥中幫了小金的忙。還胡言亂語地說過什麼她被招待到小金老家這種夢話。又寄郵件說她晚上要跟小金進行晚餐會議，叫我們不要打擾什麼的——害我的忍耐都到達極限了——可是她還真是丟臉到家了呢。小金根本就沒有赴約。呵呵呵，真不愧是情婦，就是很適合這種不幸的事情呀。」

就在雙手緊緊抱住我右手的白雪，開始浮現出渾黑的笑容時……

電梯順利抵達了一〇三樓的酒店大廳了。

哎呀～真是太恐怖了。居然在通往高樓的電梯中，要忍耐跟隱約露出黑雪性格的白雪兩人獨處，長達一分鐘。

雖然跟白雪模式下的她是沒什麼關係，但是萬一在狹小的電梯中讓她黑化的話……我還真不知道她解放鬼道術之後，會對我做出什麼事情啊。真是上蒼保佑、上蒼保佑。

接著，我盡可能讓她維持在灰雪的狀態下，來到一一八樓的ＯＺＯＮＥ——進到我們拿來當司令部的隱藏房間後……

「——嗚喔！欽欽！」

享受地坐在本來是亞莉亞專用的大位上、甚至把腳都翹到桌子上的理子，像隻小狗一樣朝我衝了過來。

然後她準備要撲到我的身上，卻被白雪「嘿呀——！」一聲迎擊了。

白雪雖然做得並不明顯，不過她是張開拇指與食指之間的部位，像是要遮住理子的眼睛似地打在她的臉上。那是一招叫「虎口拳」古流武術，為什麼白雪妳會這種招式啦？

「噗喔！眼睛、我的眼睛——！」

這一招可以從眼皮上同時毆打對方的眼球與眉間，是好孩子絕對不可以模仿的暴力招式。理子用手摀著臉，痛苦地打滾著。不過既然她還有餘力模仿穆斯卡的聲音，應該就沒什麼大礙吧？

「只有正室才可以在這種時候上演感動的擁抱！我跟小金之間才沒有讓狐狸精踏入

其中的空隙呢！妳看，沒有吧？」

白雪說著，用力抱住了我的右手。而且她還不只是用雙手，還活用了她的乳溝，徹底夾住了我。

「喂……！」

我的手臂不論在視覺上還是觸感上，都面臨了爆發性的危機，讓我當場臉色發青起來。

好、好軟……！

把水手服整個撐起來的兩團球體，怎麼會如此柔軟……！

簡直就像是剛做好的麻糬，黏在我的手臂上。

如果用中華料理的方式取名的話，應該很適合「巨媚柔肉」、「大雙球糬」、「白雪大福」之類的名字吧？等等，最後一個是日本的冰菓子啊。我已經腦袋錯亂到沒辦法思考了。

就在我為了逼近眼前的爆發危機而陷入恐懼的時候——

「怎麼會沒有！在分子層次上多得是縫隙呢！」

復活的理子用雙手「啪！」地抓住了白雪的雙峰。

接著將那兩顆軟球左右撥開，打算鑽進我的手臂與白雪之間。

於是白雪「喝——！」地用雙手像老虎鉗一樣從外側夾住自己的雙峰，想要把理子擠出去。

多虧如此，我手上的束縛變鬆，讓我好不容易從白雪大福空間逃出來了。

現在的白雪變成單純只是用胸部左右夾住理子的頭。而我雖然只看得到理子的嘴巴，不過她的臉上好像露出了不知道是感到痛苦還是感到舒服的表情，真是個大變態啊。

這樣子同伴之間打打鬧鬧的情景……

讓我莫名地鬆了一口氣。

居然會為了這種小事就感到安心，真是忍不住想為自己的不幸感到流淚啊。不過這也是因為我總算感受到自己回到同伴的身邊了。

從站立關節技（？）轉為寢技、利用上四方固定法進行壓迫的白雪，以及全身不斷顫抖的理子。我將視線從這場巴斯克維爾笑鬧短劇上移開後——

一屁股坐到椅子上，讓身體好好休息一下。

在乾淨無瑕的高級餐桌上，擺放著GEM'S的小蛋糕，以及Dalloyau的馬卡龍之類的甜點。應該是她們在找尋我的空檔時，拿來果腹的東西吧？

這些全都是搞不好價值好幾千元的高級甜點。

（要是我在這裡拿出巧克力棒，應該會被嘲笑吧……話說，這些該死的有錢人，居然連水都在喝Evian的礦泉水啊。我可是一路上都在喝不知道摻了什麼東西的自來水咧。）

正當我腦袋想著這些事情的時候……

休戰的白雪與理子一左一右地坐到我的旁邊，同時露出了一臉笑容。

「來，請用。這是醉貴妃——是可以消除疲勞的鐵觀音茶喔。我猜小金應該比起紅茶，更喜歡中國茶，所以特地準備來的呢。」

白雪為我倒了一杯茶後，打電話給亞莉亞報告自己的功勞。

「欽欽，聽我說聽我說！就是呀，理子剛才在ＩＣＣ裡面探險，然後在大廈的上面發現了一個游泳池喔！我們去游泳池抱抱吧！趁亞莉亞回來之前，我們一起去嘛！」

理子則是咬著一個大到看起來很蠢的棒棒糖，瞇起她雙眼皮的眼睛，對我開心地笑著。

我說妳啊，居然離開自己的崗位跑去找游泳池，我看妳根本就沒有專心在找我吧？

就這樣，我一邊被白雪跟理子糾纏，一邊休息了一段時間後……

「——！」

我的背脊忽然感到一陣強烈的寒意。

（……這、這股殺氣……！）

是、是亞莉亞！

我在本能上就察覺到一股「轟轟轟轟……！」的巨大怒氣，正緩緩接近著。

現在我們所在的地方是一一八樓，而那股巨大的氣勢就在七〇樓，逐漸上升中。

八〇——九〇——來、來啦……到達這個樓層啦……！

從縱向移動轉為橫向移動，一步一步逼近而來。真虧我可以知道這種事情啊。

看來我對亞莉亞的危機探查能力越來越優秀了。雖然我現在根本無處可逃就是了。

緊接著——碰磅！

「——笨　蛋　金　次——！」

用雙手推開隱藏門的亞莉亞，憤怒的娃娃聲震動了房間內的所有分子。

而這時的我則是讓白雪站在背後按摩著肩膀（我明明已經拒絕了），讓理子坐在大腿上，用雙手纏著我的脖子（我明明已經說住手了）。

雖然對我本人來說，這狀況在爆發模式的意義上相當困擾。但是對於已經MAX狀態的亞莉亞來說，卻是足以讓她突破界限的『你當自己是大爺啊』的姿勢。

順道一提，因為完全沒有氣息而讓我在眼睛看到的時候才察覺到，蕾姬也站在亞莉亞的身邊……用冰冷的視線看著我。

她接著——像拳擊的裁判一樣，做出了一個「Fight！」的手勢。

於是，進入處刑模式的亞莉亞便「碰！碰！碰！」地邁步走過來，讓她水手服的裙子都順勢飄起，兩把手槍別說是若隱若現，根本是完全露出來了。

緊接著，她用力抓住我的頭髮，把我從白雪與理子之間拔了出來。

話說，蕾姬，妳展現出人性的地方根本搞錯了吧！不要煽動亞莉亞啊！

哎呀，雖然我知道妳應該也在生我的氣啦……！

本來眼角就已經夠尖的亞莉亞，把眼角吊得更尖之後……

「——你是跑到那裡去了啦————！」

咻！碰！

用力把我甩到設計師為了讓外觀顯得有趣，而用凹凸不平的木材裝飾的牆壁上。

——超、超痛的……！這下我真的要痛恨那位設計師啦。

「不、呃……我的手機跟錢包都被人扒走，還迷路了啊……！」

癱坐在牆邊的我，像沒出息的丈夫一樣為自己辯解著。

「迷路！為什麼會！迷路！」

結果額頭上浮現出D字形血管的亞莉亞，凶狠地站到我面前：

「北邊是九龍、南邊是香港島！中間的狹窄海峽就是維多利亞港！這麼簡單的構造你為什麼搞不懂！你明明就可以在世界上最廣而複雜的東京正常生活，為什麼會在這麼小的都市中迷路！這個笨蛋！大笨蛋！大大笨蛋！」

嘰哩呱啦嘰哩呱啦！

「然後一回來就跟白雪和理子做、做那種、色、色、色色的事情！這個色鬼！廢材！」

嘰哩呱啦嘰哩呱啦！

「金次這個……笨蛋笨蛋笨蛋笨蛋笨蛋笨蛋笨蛋笨蛋笨蛋——————！」

碰碰碰碰！

磅磅磅磅！

亞莉亞用鐵鎚拳不斷揍我的腦袋，用足球射門踢不斷踹著我的側頭部。

「痛痛痛痛！喂！住手！」

這情景看起來簡直就像在用少林寺的木頭人進行修行一樣。

但我並不是什麼木頭人，而是人類。就在亞莉亞拿著一個大枕頭不斷捶打我的頭部時——我也開始火大起來了。

搞什麼……！

就算沒有像白雪那樣對我過分保護，妳好歹也說一句「我很擔心你」之類的話吧！

「——這個地方應該是要裝腦袋瓜呀！」

亞莉亞抓著我的頭，把我的身體拉起來後——

像摔角選手一樣撲到我的背後，從後方騎到我的身上。

「可是你根本是空空的，什麼都沒裝。所以至少給我把地圖跟指南針裝進去呀！」

她接著把我的雙手從背後一扯，雙腳也纏到我的腳上。往後仰倒，使出吊天井固定技（Romero Special）把我撐起來了。

「哦哦～亞莉亞！內褲看光光啦～！」

「被女生看到沒關係！」

理子也跟亞莉亞鬧了起來。

這裡明明是高級的酒店房間，卻變得像武偵高中的教室一樣了……！

「——而且連錢都被人扒走，你是要蠢到什麼地步！這個蠢蛋大魔王！」

「吵死了啦！」

我終於再也忍不下去，而反過來對亞莉亞生氣起來了。

在白雪的出手相助下，我逃出了亞莉亞的巴流術地獄。

接著用我在強襲科學到的受身倒法轉了一圈後，站起身子：

「我的錢——換來的港幣大部分都還裝在那邊的背包裡啦！雖然我那時候確實感到很困擾……可是我的奶奶也說過，被偷總比偷人好！一個人會去偷別人的錢，就代表他的生活窮困到必須要偷竊，是很可憐的——」

「你那種想法就是標準的日本人呀！這裡可不是日本！世界上也是有很多以偷竊賺錢的人呀！」

就在我們開始演變成嘴上爭吵的瞬間，怪盜羅蘋的曾孫——理子突然用古怪的腔調說道。

「嗯～～～呵呵呵……請問～～～可以容我插嘴一下嗎～～～？」

接著還搖搖頭，甩動她綁在左右兩邊的馬尾。

「理理我～～～可以稍微～～～問個問題嗎～？呵呵呵……」

啊——……她是在模仿古畑任三郎啊。

這個不會看場合的傢伙，為什麼要在這時候模仿古畑啦？也太自由奔放了吧？

因為在偵探科流行過古畑任三郎，所以我還看得懂。可是其他人都露出「？？？」的表情啦。

不過，這大概就是理子的作戰吧？多虧她，讓我們吵架的氣氛中斷了。

在這一點上，我是很感謝她啦。但是……

「欽欽！」

故意皺起眉頭的理子，忽然又把放在額頭上的手伸過來指向我。

「……什麼事啦？」

「你呀～完全沒有動到桌子上的那些甜點，可見你至少有吃過什麼東西吧～～？而且你也找到地方過夜了。因為你坐在椅子上沒有睡著，身上也沒有汗臭呢。不只是這樣，還有女孩子的味道喔～～～」

「——理子妳也有聞到？果然沒有錯！」

即席名偵探‧理子，現在又多了一位即席助手‧白雪。

不、不妙，這下氣氛好像變成我要接受集體責問啦。

「呃、那是因為……」

沒辦法否定的我，真的就像推理劇的犯人一樣開始盜汗後——

「果然！其實理子根本沒有聞，剛才那是誘導問題！是陷阱題呢～！而現在擁有嗅覺探測器的小雪也提供證詞了。欽欽，你一定是在什麼香港美女的家度過一晚了對吧？哎呀～真不愧是花花公子呢！」

理子用力拍著我的背，不斷稱讚我……

「……嗚……！」

可是在我眼前……轟轟轟轟轟轟轟轟轟……！

「人家常說『笨蛋沒藥醫』，看來是真的呢……這個悶騷色狼……！」

亞莉亞的鬥志不斷上升……！

就像這棟ＩＣＣ大廈一樣，直衝天際……！

「別這樣別這樣，悶騷色狼也有悶騷色狼的苦衷呀。想必是因為旅行的關係，讓心情變得比較輕浮啦。俗話說，旅遊就是與人的接觸。那我們就來問問欽欽，你究竟是在哪裡、怎麼樣、跟幾個女孩子接觸過啦～？」

亞莉亞的憤怒、蕾姬的冰冷視線、以及不知不覺間慢慢由白轉黑的白雪——被這些人逼到錯亂的我……

「呃、不、兩邊我都沒有觸碰過啊……！」

在理子巧妙的套話之下，我竟然自己承認了在這一晚一早間，我跟「女人」有發生過某些事了。

而且我連「有兩個人」的事情都說溜嘴了。完全就是我的自爆啊。

「耶～！說出來說出來！說給理子聽！欽欽的武勇事蹟！是大姊姊？還是小妹妹？還是兩邊都有？是巨乳？是貧乳？有沒有玩角色扮演？呀哈～！」

吵著要聽這些虛構情色故事的理子，又蹦又跳地繞在我的身邊——

這、這傢伙……！

妳知不知道妳的好色心，給了站在那邊的閻羅王大人多少燃料啊！

「你這個人……就是會像這樣，馬上找到女人橋渡河……！」

閻羅王亞莉亞大人露出確定宣判我死刑的表情，說出微妙地像什麼名言的臺詞。

「你真～的是，到什麼地方都可以找到女人！是呀是呀是呀，真的有夠受歡迎的！根本就不愁沒有女人嘛！你乾脆看是理子或白雪，找個人交往算啦！」

啊啊啊啊啊啊啊……亞莉亞，妳說的話已經支離破碎啦。

而且還露出有點壞掉的笑容了。

接著……

「就是因為我提議要進行撒餌作戰——害金次不見了……你知不知道我昨天是抱著什麼心情……！」

她似乎把說到一半的話又吞回肚子裡，露出強忍著淚水的表情：

「而那段時間，你卻是！你卻是！」

亞莉亞大概是在腦中想像著我被中國美女圍繞、享受酒池肉林的樣子，而使出她獨創的蹉腳踏地——

「我要開除你！反正讓你出去你也只會整天跟女孩子玩！你不用參加這次的作戰了！給我回國去，乖乖罰跪————！」

——唰唰！

不出我所料，她果然拔出那對白銀跟漆黑的 Government 啦！

「——呀！」

「——咻！」

白雪與理子趕緊逃到桌子底下，蕾姬則是一如往常地發揮她的危機管理能力，早早就避難到房間外了。

「亞、亞莉亞……！」

我拿出巧克力棒，想要安撫亞莉亞的情緒——

可是拿在我手上的巧克力棒，已經連同外盒被壓扁了。
是剛才我被亞莉亞摔出去的時候，被我的屁股壓碎的。
相對於那個破破爛爛的盒子，餐桌上則是擺著豪華奢侈的點心。
這情景讓我頓時有種悲哀的感覺……
接著，一股怒氣又再度湧上我的心頭。
起起伏伏的情緒，讓我面對亞莉亞也沒辦法保持冷靜了。
「我是──」
變得自暴自棄的我，露出凶狠的眼神瞪向亞莉亞。
「──我是第一次出國啊！不要把我跟你們這些外國長大的孩子相提並論！」
面對出言反抗、把巧克力棒的盒子摔到地上的我……亞莉亞露出了驚訝的表情。
我被亞莉亞狠狠修理，是很稀鬆平常的事情。
而每當遇到這種時候──我通常要不就是拔腿逃跑，要不就是乖乖讓她修理。我們之間總是維持著大野狼與小綿羊的關係。
這一方面是因為亞莉亞很強，所以要是我敢反抗，她就會加倍奉還；一方面也是因為我覺得男人在吵架時對女人出手很不應該，或是亞莉亞生氣起來也很可愛等等，各式各樣的理由……
總之，我不太會做出反擊。

而我會像現在這樣認真動怒，大概是之前五月當白雪的保鑣時，我們為了方針上的不同而吵架的時候吧？

因此，亞莉亞她——

「什麼嘛……什麼嘛！」

面對我這樣與平常不同的態度，感到困惑起來了。

她大叫之後，用沉默催促我說明生氣的理由——可是我卻沒辦法對她說明。

因為那樣會讓我覺得自己很沒出息、很悲哀的關係。

——亞莉亞是個非常優秀的人。

她不只是戰鬥力很高，功課也很好。還是個會讓人眼睛一亮的美少女；擅長各種語言，對世界上各個都市都有地理概念，是個全球性的人才；又是一名真正的貴族，一輩子都不用像我這樣為金錢煩惱。

相對地，我卻只有在爆發模式下的那些雜耍招式可以算得上是優點。

在其他的事情上，我什麼都不行。這一點我自己也很清楚。不用說是腦袋差、臉蛋壞，甚至踏出國門一步就會變得左右分不清楚方向。而且出國也是靠借來的錢才有辦法出來，是個貧窮的傢伙。

自從抵達羽田機場以來，我的心底深處就不斷累積、意識到這樣的感覺……

也就是「**地位差距**」——

我不禁感到有種無處宣洩的憤怒。

我跟亞莉亞之間，實在是差太多了。

而且是這一輩子都肯定沒辦法趕上的巨大差距。

這種感覺……跟「不甘心」又有點不太一樣。

雖然我很不想承認這樣的感情，但如果在我的心中……對亞莉亞的事情……我真的對亞莉亞……

不，這種事情太難想像了。因此換個說法，就是我已經有一種感覺，希望自己能夠成為與亞莉亞匹配的搭檔——在我心中的某個無意識的角落。

然而，這是難以實現的願望。

我現在深切體認到這件事情了。就在我們朝世界踏出第一步時。就在宛如象徵著我與亞莉亞之間差距的，這間麗思卡爾頓酒店，以及北角。

所以我才會這麼難受。

所以我才會感到不知所措。

亞莉亞是什麼東西都有、什麼事情都辦得到；而我是什麼都沒有、什麼都做不到。

可是對於這樣的地位差距——

亞莉亞實在是太遲鈍了。

想必她至今為止的人生，總是在勝利組的世界中活過來的吧？

她總是活在優秀的人特有的「我做得到的事情，大家當然也應該做得到」這種錯誤的價值觀中。

她沒有辦法理解，世界上也是有像我這樣貧窮的人、弱小的人、沒有能力的人。

然而我沒有辦法把這種事情，在現在這種時候說出口。因為這樣做會讓我自己變得更難看。

因此，我只好——

「我才要開除妳勒！區區一個藍幫，我自己一個人就能對付了啦！」

跳過對自己感情的說明，陷入妳一言、我一語的狀態。

上演一齣典型的「對怒氣還以怒氣」之後，一把抓起我的背包——

轉身準備離開這間ＶＩＰ室。

「什麼嘛……隨便你了啦！反正這下就沒有任何戰果了！好不容易殺到敵陣來，現在卻因為你的關係，要雙手空空回到日本去了！這樣你也沒關係嗎！」

在我的背後，娃娃聲繼續窮追猛打著。

然而，我卻不理會她，依然往房門走去。

「——這樣你也沒關係嗎！」

於是亞莉亞又強調了一次。

我瞥眼看到亞莉亞映在窗戶上的倒影，她的表情上參雜著「咦？你真的打算一個

人去對付了？你真的要走了？」的不安情緒。

可是，我才懶得理妳。

我穿過了ＶＩＰ室的房門，頭也不回地走了出去。

……亞莉亞，妳並不知道。

其實我跟猴在某種程度上，**已經講好了**。

所以我接下來只要在人多的地方，隨便走走就可以了。

藍幫應該已經從猴那裡聽說了談和案的事情，因此我就等待藍幫來跟我接觸，然後當作巴斯克維爾小隊內部已經討論完畢，並且跟他們進行交涉。

再來就是彼此交換一些條件，用商量的方式跟藍幫做出一個了斷。

這樣一來，亞莉亞應該也會對我另眼相看了吧？

——給我等著瞧。我要讓妳那高傲的臉蛋哭著向我懺悔。

就在我穿過宛如瞭望臺的吧檯座位旁，走向通往地面的電梯時——

「欽欽！理子就住在遠東貴婦——半島酒店裡，你也來嘛～！那地方就像城堡一樣，很漂亮喔！你可以跟我住在同一間房間喔？」

對於剛才火上加油的行為絲毫沒有感到反省的理子……

「小金大人！你就不要理會那個充滿歸國子女惡劣性格的女人，跟我一起行動吧！

我住在日航飯店，是一間完全日系的旅館。那裡有日本人的工作人員，也有日文的報紙喔！」

以及當我生氣起來就會跟我一起生氣的白雪，說著國粹主義似的話，追了上來。

對於這兩個人不知道為什麼都邀請我到旅館住宿的事情感到有危險性的我，決定不理會她們說的話，而開口說道。

「——雖然我昨天是打算把指揮權限讓給亞莉亞，但是那也到此為止了。我以巴斯克維爾小隊隊長的身分命令妳們，繼續到街上徘徊，尋找藍幫的蹤跡。其實，我已經做好跟他們進行談判的準備了，也許有辦法跟一些人靠商量的方式做出了斷。可是如果把亞莉亞帶去，很有可能就會大打出手。因此她現在跟我決裂或許是一件好事。如果妳們有遇上藍幫的人，就跟我……」

我本來想接著說「跟我聯絡」，可是我現在沒有手機啊。

正當我這樣想的時候……

「金次同學。」

蕾姬忽然出現在我背後。

嚇死我了。這傢伙總是這樣無聲無息的啊。

我嚇得轉回頭之後，蕾姬拿出了我應該已經被偷的手機，遞到我的面前。

「……！妳這是在哪裡找到的？」

「在販售竊盜物品的黑市中，就擺在攤位上。是昨天晚上亞莉亞同學買回來的。」

是亞莉亞、把這個……

「真虧她找得到啊……我還以為再也找不回來了說。」

「聽說是來電鈴聲，讓她知道是金次同學的東西。」

——我打開通話紀錄，看起來並沒有被別人使用過的跡象。

不過，在來電紀錄中，有白雪與理子，以及……

一大堆亞莉亞的來電。

她大概是因為擔心，而打過好幾次電話吧？最後甚至是一分鐘就打一通，未接紀錄比白雪還要多呢。

「金次同學，我會與亞莉亞同學一起行動。因為現在的狀況下，不要放她一個人會比較好。」

蕾姬說著這種讓人感受到溝通能力有所成長的話。看來她是現在巴斯克維爾小隊中最冷靜的一個人。

「正如金次同學所說，現在要繼續搜索藍幫才行。九龍就交給我和亞莉亞同學進行監視。我會這樣說服亞莉亞同學的。香港島方面就請金次同學你們去調查了。雖然金次同學沒有地理概念，不過我想昨天跟今天早上，你已經在那個島上到處走過了。因此你應該在香港島上比較容易尋找敵人。」

在這種時候……蕾姬還真是可靠啊。

她不會像我們這樣被情緒牽著鼻子走。小隊裡有這樣的成員真是太好了。

話說，我莫名開始覺得，巴斯克維爾讓蕾姬當隊長或許比較好。

．

這次換成搭地下鐵來到香港島後，再次展開單獨行動的我——

決定先去吃一頓時間上比較晚的午餐了。

因為我在這次的旅行中，已經有過兩次肚子餓到無法動彈的經驗啦。

（人常說，事情有二就有三。但是萬一真的發生第三次，我會很困擾啊……）

畢竟我今天早上只有吃一碗粥跟香蕉而已，另外我也想要大吃一頓來洩憤。而且我還沒吃到道地的拉麵呢。

於是……

我走到車站前，靠著招牌上的「麵」這個字，找了一間看起來比較便宜的餐廳走進去。

……店裡相當吵雜，幾乎坐滿了客人。

雖然環境算不上乾淨，但給人的感覺就很像是平民吃飯的地方。

（就是這樣才好啊。）

亞莉亞現在或許是跟蕾姬一起在麗思卡爾頓的超高級餐廳吃滿漢全席洩憤吧？不

過我就是在這種大眾食堂比較能放鬆呀。

就在我尋找著可以坐的空位時——

「哦哦！這不是金次嗎！過來這邊吧！」

從店鋪後方傳來了在吵雜的店內也顯得嘹亮的聲音。是武偵高中的同班同學——武藤。

因為他即使坐著也很高大，又留著一頭顯眼的刺蝟頭，所以我很快就發現他了。

仔細一看，在武藤坐的圓桌旁，還有以他為隊長的後勤系小隊「運輸ＧＡ」的其他成員。

這個「運輸ＧＡ」，是由車輛科的武藤剛氣、鹿取一美、裝備科的安齋勝與平賀文所組成。

兩男兩女，乍看之下似乎很均衡。但其實在身高上是高個子三位、小不點一位的美中不足小隊。

另外，我以前有問過「『運輸』我是可以理解，可是『ＧＡ』又是什麼？」這樣的問題，結果居然是「剛氣(Gooki)」的G與「文(Aya)」的A，害我當場全身無力了。你們想要引人注意我是沒意見啦，可是好歹也有點創意吧？

「——校外教學II，你們也是到香港來啊？」

我坐到他們那一桌後……呃，這也太誇張了吧？他們四個人居然吃了二十人份左右的食物。哎呀，或許在香港這樣花錢，在某種意義上是很正確的觀光客啦。畢竟吃到撐死也是旅行的一種享受方式。

（不過，這也未免……）

安齋，你吃太多了吧？

看起來有一半以上的餐點都是這傢伙一個人吃掉的。

「遠山也多吃一點啊。要是你吃剩了，我就不客氣囉～？」

讓椅子軋軋作響的安齋，是武偵高中的奇人之一。是個體重將近兩百公斤的大塊頭。

雖然他身材肥胖得連走路都很慢，不過對裝備的調度能力卻是有目共睹的強。

跟「雖然很貴又花時間，但無論任何超級兵器都能準備」的平賀同學剛好相反，安齋是以「能夠又快、又便宜、又確實地調度到經常使用的裝備」而受到大家信賴的武器屋。

而且他還擁有狙擊的能力。不過因為體型的關係，是盤坐在地上射擊就是了。

正當我思考著「狙擊手大胃王說（蕾姬也是可以無限進食）」這個假設的時候……

「──你沒有跟亞莉亞在一起啊？」

武藤問了我一個討厭的問題。

「我才懶得理那個傢伙，我們剛剛才吵過架啦！」

於是我看著菜單，怒罵了一句。

結果……

「又在夫妻吵架的啦。老媽好好管管他的啦。」

平賀同學坐在椅子上伸長背脊，用「平賀式語調」在鹿取耳邊告狀。

什麼夫妻吵架啦？受不了……

我有點臉紅地把頭別開後——

「遠山，你這個老是惹女性哭泣的傢伙，看我怎麼修理你。」

鹿取就對女生之間評價特別差的我嚴厲斥責起來。

這位像美國女性一樣綁著滿頭小辮子的鹿取一美，是個擅長駕駛大型車輛的高大女人。

身高比我還高，又全身都是肌肉，而且姓（Katori）跟名（Kazumi）都是Ka開頭，很有「老媽（Ka-chyan）」的感覺，所以被取了這樣的綽號。聽說她每當休假的時候，就會去做長距離貨車駕駛的打工，賺了很多錢的樣子。

「……吵死了，我和亞莉亞吵架，跟你們沒有關係吧？」

無論如何都想吃到道地拉麵的我，在這裡也同樣只靠「麵」這個字指了菜單上的一道菜，向店員點餐……同時對著運輸ＧＡ的這群人開口抱怨。

於是武藤一臉擔心地說道。

「昨天深夜，我看到亞莉亞在灣仔一處看起來不怎麼正派的場所亂走，她還問了我『有沒有看到金次！』勒。」

「…………」

亞莉亞她……

居然從九龍的ＩＣＣ，一路找到我失去消息的香港島灣仔來啦？

武藤因為剛才的發言，讓他自己也在不正派地方亂走到深夜的事情曝光，而被平賀同學與安齋聯合調侃著……但老媽——鹿取一美依然用責備犯人的眼神瞪著我。

「怎麼會沒有關係？就算不適合穿水手服，我也好歹是個女人。我就是叫你不要老是惹女人哭泣呀，遠山。」

「不，所以我就說……我是……」

「我昨天傍晚的時候，也在香港警務處附近遇到神崎同學了。那孩子哭得好可憐，一直在打電話找你呀。甚至還哭著拜託我：『要是看到金次，就馬上打電話給我！』呢。」

被老媽這樣責備著……我……

透過別人的形容，才總算知道亞莉亞是有多擔心我的事情。

在ＩＣＣ重逢的時候，我總覺得她好像一點都沒有擔心我，只會毫不講理地對我生氣……

可是其實，亞莉亞她一直都在擔心我啊。

為了我走了好幾個小時。

打了好幾通電話給我。

哭得讓旁人都覺得同情。

這讓我……不知道該說是心頭一陣痛嗎……

（我還真是做了件壞事啊……）

總之就是有種沮喪的感覺。

……

……

…………還是去向她道歉吧？

雖然這樣的念頭閃過我的腦海，可是剛剛才丟下那樣大言不慚的話、衝出房間的我，現在也沒臉那樣做了。

——亞莉亞對我的行為，其實是因為對我非常擔心的情緒所造成的啊——

話雖如此，用比平常還要嚴重的態度對我又打又踢的亞莉亞也有不對。要是她以後也用那樣笨拙的方式跟我溝通的話，我會吃不消的。

我看還是在她對我低頭認錯之前，我也不要向她道歉好了。畢竟我還有巧克力棒的帳要跟她算呢。

或許是如此固執的我遭到天譴了，這次端上來的「麵」依然不是拉麵——而是像乾烏龍麵一樣的炸醬麵啊。

4彈　九龍猴王

「今日冇房呀（今晚有沒有空房）？」「一日租金要幾多錢呀（一晚要價多少）？」

「唔該登記（我要過夜）。」

我拿出剛才從白雪的旅遊指南抄到武偵手冊上的廣東話，讓櫃檯人員看——

總算在下午三點左右，住進了一間位於上環的小商業旅館。接著，為了不要再讓東西被偷走，而將貴重物品都收進房間裡的免費保險箱中。

然後帶著武器、現金與護照，再度出擊。

按照我們（多半是蕾姬）重新訂定的作戰，走在香港島的市街上。

我的行動本身乍看之下跟昨天沒有兩樣，但這次其實完全不同了。在心態上啦。

根據找回手機而重新復活的郵件，白雪在灣仔、理子則是在銅鑼灣，同樣再度展開了撒餌作戰。

雖然巴斯克維爾現在分裂成亞莉亞小隊與金次小隊，不過蕾姬還是有偷偷寄郵件給我說「這邊沒有問題」，因此九龍方面應該也不用擔心了。

街角傳來「碰碰碰！」的聲音，害我一時以為是槍聲而趕緊回頭……但那其實是鞭炮的聲音。因為天氣溫暖的關係，讓人沒有這種印象，不過聖誕節跟新年也近了。他們看起來應該是在測試到時候要拿來慶祝的鞭炮吧？

我接著來到一家運動用品店門前等紅燈，看到了一個小孩子在向家長吵著要買滑板。

滑板雜亂地放在店門前路上的籃子裡，似乎以破盤價格販售。看來聖誕節期間的商戰，在世界各國都是一樣的。

（雖然聽不懂他們在說什麼……不過那小孩看來是很想要禮物呢。）

正當我瞥眼看著那對讓人莞爾一笑的親子時……隆隆隆……

一輛雙層高的路面電車在紅綠燈的另一頭停了下來。因為電車的外觀貼了聖誕節廣告，所以在我看來就好像遠處有一塊巨大看板擋住了視線一樣。

接著，有一群大概是女校學生的女生集團，一邊說說笑笑，一邊走下車子。

……啊，那套白色的制服，我有看過。跟院身上穿的一樣。

就在我這麼想的時候，在稍微遠一點的路面上……隆隆隆……

「……？」

又有另一輛路面電車停了下來。那輛車上面則是貼著功夫熊貓穿聖誕裝的廣告。然後同樣也有一群穿著相同制服的少女從車上走了下來。

——怎麼回事？

總覺得不太對勁。

她們從路面電車上走下來開心談笑是沒什麼問題，但是那群身穿白色制服的女孩子們，人數……會不會太多啦？

一輛車上就走出三十個人。難道這種現象在中國很常見嗎？

不，還有。

不只是從車門而已，還有人從車窗跳出來，怎麼看都很奇怪啊。

不知不覺間——現場就聚集了一百名左右的白制服少女。

仔細一看，路面電車的駕駛員，也都是穿著同樣制服的女學生。

正當我因為這個異狀而提高警戒的時候，這次換成從左側——轟轟轟轟轟……

（——！）

……F……FV603撒拉森……！

香港警務處的**裝甲車**，竟然緩緩開過來了！

FV603是一種六輪驅動的車輪式裝甲車，在北愛爾蘭紛爭時也有使用過。是機關槍子彈也能彈開的軍用車輛啊。

旋轉砲塔上似乎還加裝了M1919式機關槍。而在那個看起來很像舊日本軍九七式中戰車的環形天線中間……

座艙門打開來，露出戴有玉飾的黑髮雙馬尾——

「——昭昭……！」

正是亞莉亞的異色版本——藍幫的昭昭……！

戴著眼鏡的昭昭，拿起一個金色的擴音器……

「喂——喂——依家開始拍戲，因為會有危險，所以請你離開。」

說著中國話，不知道對周圍廣播了些什麼……

結果四周的人群漸漸離開了。除了那群白色制服的女生們。

看來這群女生跟昭昭是同夥……也就是理子說過的，在藍幫資本經營下的學校就讀的少女們嗎？這樣想的話……呃！難道院也是……？

我還來不及整理這些混亂的思緒，把民眾叫離現場的昭昭就——

「——金此！姊姊們在日本受你照顧啦！」

把擴音器對著我，在砲塔上露出上半身，用生硬的日文對我如此大叫。

而她身上的服裝，就像《靈幻道士》裡的中國清朝禮服一樣。

不過色調上是以粉紅與金色為主的香港版本就是了。

「你們在香港亂走，我們一直在監視喔！昭昭花了很多時間，準備好軍備了！金此跟亞莉亞在一起，要打敗，很困難。跟蕾姬打，也很困難——機娘有從姊姊們，狙姊、炮娘、猛妹那裡聽說了！可是亞莉亞不在，現在金此一個人。很容易呢！」

大呼小叫的昭昭……豎起眉梢，沒有從裝甲車上走下來。

怎麼看都是敵對的氣氛啊。難道猴的談和案還沒有在藍幫內部公開嗎？

話說回來……為了對付我一個人，她居然連裝甲車都出動了。還真是看得起我呢。搞不好我下次就要跟戰車對打啦。

「……嗚……！」

我環顧四周，就發現事情不妙。白色制服的少女們正漸漸縮小著對我的包圍網。以我為中心的半徑越來越小，人牆卻也越來越厚。

而在人牆外側，前方與右側有路面電車形成牆壁，左側是裝甲車，背後是大樓。

──被包圍啦。而且還是被最難逃脫的同心圓陣。

「昭昭！我先警告妳。我雖然不清楚妳是哪一個昭昭，不過既然妳是藍幫的人，就應該知道。在極東戰役的規則上，必須要靠決鬥分出勝負。我不認為這些女生全部都是可以禁得起戰鬥的人員。用非戰鬥人員包圍敵方，是違反規則的啊！」

「噗哧！規則是什麼！」

彷彿在嘲笑我而吐出舌頭的昭昭，在她可愛的尖眼睛旁甩一甩雙手。

「那時候的規則是那時候的規則！現在要按照昭昭決定的新規則做事啦！」

出現啦，對規則的完全否定！這樣規則就沒有意義了吧！

不過，這是藍幫全體的認識嗎？還是為了幫姊姊們報仇的第四個昭昭──機娘？──個人的失控行為？我並不清楚。

「戰爭是人多的一方會獲勝，人海戰術是基本中的基本呀！」

「可是……就算是這樣，妳居然全都用這樣的女孩子……！」

對於敵人「違反規則」這樣出乎預料的狀況而不知所措的我，看到白色制服的少女們不斷縮小著圈子。

因為距離靠近的關係我才發現到，怎、怎麼回事？她們全都長得很可愛啊。

或許是平均身高比日本人矮的關係，嬌小的女孩子特別多。可是大家的身材都很好。

「她們就讀的是香港藍女中學。金此，對女性很弱。我特地準備了會讓你高興的狀況呢！郁手（動手）！嘻嘻！」

用尖銳的聲音發出命令的昭昭，「唰！」地攤開一把紅底黑字寫著「曹」字的扇子。

於是，聽到命令的女孩子們便「呀————！」地發出尖叫聲，殺到我面前。

「——等等……！」

退到運動用品店牆邊的我，轉眼間就被團團圍住——陷入快被擠扁的狀態。簡直就像被粉絲包圍的歌手一樣。

難、難道我被人以為會喜歡這樣的情境嗎？這誤會可大了。

「而且金此，你不知道嗎？緋色的研究上有寫，色金是——」

昭昭說到一半，忽然「啪！」地用扇子遮住了嘴巴，瞇起眼睛露出「哎呀，這還是不要說比較好呢」的表情。

「……？」

我雖然聽到可疑的關鍵字而皺起了眉頭……但立刻就變得沒有餘力去管那些事了。

從四面八方蜂擁而來的女孩子們紛紛伸出手來，嘻嘻哈哈地笑著，壓住我的手腳。

「喂……喂！不要碰奇怪的地方！住手！」

就算我如此抵抗，我的雙手雙腳依然各自都被三、四隻手壓著，讓我動彈不得。

而戴眼鏡的昭昭則是把半身藏在裝甲車裡對我說道。

「我，在曹操（昭昭）四姊妹中最謹慎。金此是不知道會做出什麼事的男人。所以我徹底做好防禦工作呢。嘻嘻！」

我……不但沒辦法從這個少女人海中逃脫出去，昭昭——也就是命令者，又在裝甲厚度超過十釐米的FV603中，用手槍根本無法對付。

不斷嘻笑的美少女們，接著又把手探入我的衣服中——搶走了手槍與短刀。

還有其他的手在搔著我的脖子。住、住手！我說真的！

「好啦，金此，你投降最好。現在那些女人，全都可以給你呢。想要的敵將就用女色誘惑，這是自古以來常有的戰術。不夠的話，我可以再給一百個女人跟在金此你身邊。如此一來，金此從明天開始就是昭昭手下的棋子，不會有錯呢！」

「……妳……妳在說什麼傻話……！」

被女孩子們包圍推擠的我，只能感到愕然了。

原來踏出日本一步之後，連這樣的敵人都會出現啊。

她似乎是想要把我拉攏到藍幫底下，不過用的手法實在太蠻幹了。在日本人無法想像的時機，使出這樣強硬的手段。再加上這樣的組織能力。

跟我至今為止遇到的敵人都不一樣。用我過去的做法、想法，根本無從對付。

——這就是、國外。

打從一開始，就不是日本常識可以通用的場所。

可是我卻以日本的尺度在衡量事情。在對方會遵守戰役規則的前提下接受作戰，抓到敵人的戰士又因為同情而釋放，甚至以為可以靠溝通解決問題而提出講和。

然而——我所做的這些事情，全都是徒勞無功。沒有一件事情順利。

是我的視野太狹隘了。還有戰略也是。

而我卻不顧一切地進攻到國外來——

結果，徹底被敵人戳中了我的弱點。

現在才發現這種事情，也太晚了。我已經被這個少女組成的籠子困住啦。

「昭昭……！我、我有話……要說！猴！我跟猴、有約定好要談話……！」

我彷彿是要亮出自己的最後王牌似的，在人群推擠中如此大叫——

而昭昭則是「啪！」一聲闔起扇子。

接著用扇子「咚咚」地敲著裝甲車的艙門。

「猴就在這裡呢。」

什、什麼……！原來猴也坐在裝甲車裡嗎……！

既然這樣，就還有溝通的機會。

就在我決定賭上那一絲希望的時候——磅！

車內士兵艙上方的艙門，忽然被一隻裸足從內側踢開了。

接著——咻！

一名身穿名古屋武偵女子高中短版水手服的少女，用只有在漫畫或遊戲的世界中才有可能看到的跳躍力跳了出來。

「猴……！」

降落到環形天線上的她……

……不、不對。

我的直覺告訴了我。

她雖然肉體是猴，但是不對。恐怕——**人格**是……！

「呀呀呀，正確來講——是九龍猴王．孫悟空呦。金此跟猴，見過面。藍幫的人看到了。我接到通報，用『佩特拉之鑰』把猴變成孫了呢。可是金此沒有把猴抓起來，馬上就釋放了。要是金此抓住她，孫就可以直接解決你們了。真是可惜呢！」

在如此說著的昭昭身邊……

「哭嚕・哭嚕嚕・喀啦啦囉嚕。」

猴……不對，是孫，自言自語地說著意義不明的話。

她接著撥起長髮，像猴子一樣原地蹲下來後……唰——！

用幾乎要讓水手服當場被脫掉的空中高速翻滾，跳入制服少女的人海中。

那才真的像是要跳入觀眾席的歌手一樣。

「……！」

少女們紛紛舉起雙手，完美合作，將孫接住放在她們的頭頂上——

接著宛如運動會的傳大球般，把全身縮成一團的孫傳到我的方向來。

她們高舉的雙手漸漸聚集、擴張面積……而在正中心，裸足的孫像模特兒一樣緩緩站起來。在她的眼角，還像京劇演員一樣畫了紅色的眼妝。

「摳嚕喀啦囉斯、啊拉拉斯、哭嚕阿拉嚕。」

——不只是化妝而已。就連說話時的表情，都明顯與猴不同。

凜然的態度，給人一種難以言喻的超越性氛圍。

那是我在鏡高組本部的屋頂上看到的那個……孫啊。

（雖然猴可以跟人進行對話……）

可是這個孫——

一定沒辦法吧？她給人的第一印象就是如此。畢竟連語言都無法相通了。

少女們適時將舉起來的手張開，做為踏臺……於是孫宛如走在朵朵綻放的睡蓮上，用模特兒般的走路方式一步一步接近而來。

這傢伙——果然是孫悟空，是傳說世界中的人物。

雖然外表看起來像人類，可是舉手投足都散發出超乎現實的氣氛。

該怎麼形容？總之就是非常華麗。瀟灑的姿態甚至叫人看得入迷。

沉沒在少女池中的我，抬頭看著逼近到眼前的孫——

咚！

孫接著像臥佛般躺了下來，無數的手紛紛支撐著她。

「哭嚕稀哩哩啊。」

看起來年幼、但目光銳利的那張臉，就在我正前方一公分的距離。

她那時候攻擊GⅢ的右眼，也在我的眼前……！

「孫——！」

我反射性地大叫出來。結果——

——舔。

孫居然舔了一下我露出來的舌頭。

還把她的嘴巴壓到我的嘴上。

「……！」

我雖然一瞬間呆住……

不過多虧我長時間來跟許多超常世界的人物們交流過的關係，讓我多少能理解了。

這傢伙現在正對我進行著某種魔性的術法。藉由舌頭之間的接觸。

而那個術法的真相就是——

「——猴實在太膽小了，真是不應該啊。」

孫用**我的語調**說起日文來了。

「別露出那麼驚訝的表情啊，遠山。放心吧，我剛才那只不過是複寫了一下現代的日文而已。不過我從來沒有跟男性做過這種事，所以不太確定能不能順利就是了。」

孫說著，抱住我的頭，磨蹭起來——

「好啦，遠山。我們來鬥一場吧。」

在我的臉旁，對我咧嘴一笑。

「別擔心，你的外表是我喜歡的類型。我不會馬上用如意棒殺了你。」

……看來，真的變成像猴所預料的狀況啦。

撲通……！

我感受著體內的血流，自嘲地苦笑了一下。

「——孫。妳這是以藍幫代表的身分，對我提出決鬥，我可以這樣解釋吧？」

「哈！隨你怎麼解釋。你們之間的鬥爭，就像是螞蟻們在戰鬥一樣啊。我根本不在意。在這一點上，我就比較認同在那邊的昭昭了。」

撲通……！

開始啦。在我的體內。

「——我喜歡厲害的男人，想要跟厲害的男人戰鬥。就只是如此。之前那個GⅢ真是太可惜了。我當時還沒睡醒，就不小心殺掉他啦。」

——原來如此。我得到一個有利的情報了。

孫依然以為自己殺掉了GⅢ。換言之，猴・孫之間，並沒有辦法像小夜鳴・弗拉德那樣在腦中交換情報。

腦袋對這樣的事情理解得特別快的我——

看來，已經進入**爆發模式**啦。

哎呀，連我自己都嚇了一跳啊。

雖然進入得並不深——但沒想到我跟小學五年級左右的孫親個嘴，就會變成這樣了。

這可是讓我爆發的女性中，年紀最輕的紀錄啦。

不過話說回來，孫在一千四百年前就誕生了，所以反而應該是最年長的紀錄，是嗎？

「想跟我打……嗎？既然這是女性提出的要求，我就必須要實現才行啦。」

我用爆發模式下的語氣說著，對孫露出微笑。

現在的我——是一名服從女性的騎士。

好啊，我就跟妳打。妳是藍幫正式的戰士，這樣也沒違反戰役的規則吧？

何況，我對妳還了解得不夠深。

而戰鬥就是一種溝通方式。是在心靈深處互相理解對方的行為。

能夠受到世界有名的妳如此邀約，我很光榮啊。

我要在這場戰鬥中——**看清楚**，妳究竟是何方神聖，而我又應該怎麼做。

不過——

就三十分鐘。

畢竟「這邊」的我，似乎對女性是一種毒藥啊。要是讓對方看太久，就會害對方無可自拔，讓「那邊」的我面臨危險呢。亞莉亞就是一個好例子。

因此，我們來限定時間吧？雖然男公關酒店是沒有時間限制的，可是外派金次酒店就是時間制的啦。

不過在這段時間內，我會提供我的一切——

「——給妳一場美夢吧。來。」

見到明明被團團包圍，卻用笑臉說出這種誘惑臺詞的我……

孫就像是搶到頭牌男公關的指定權一樣，露出開心的笑容。

「那麼，孫，我們離開這座酒池肉林，一起去玩吧。不過我要向妳道歉才行。本來我應該先牽起妳可愛的手，接待妳才對的——」

我一邊說著，一邊早已用單腳——從背後運動用品店門口的籃子中，借來了一塊特價販售的滑板，踩在腳下。

接著，讀出抓住我的少女們手上的力道流向……

「不過因為我的手上還有十秒鐘的工作預約，所以沒辦法那麼做啊。」

啪！啪啪啪！

就像之前在池袋的補習班電梯中，我對「讓轉學生湊一隊」做過的一樣，借用少女們自己的力氣，讓她們紛紛放開了手。

順便帶一點遊戲心態，讓女孩子們彼此牽手，圍出一個大大的圈子。而我就站在那個圈子的中心。

「我在香港已經有過被偷東西的經驗了，下次再讓你們偷吧。」

對於一臉錯愕的少女們，我依然事先預告了一下。雖然是用日文啦。

接著，我當場蹲下來，仰躺在滑板上。

用力往牆壁上一蹬——

穿梭在裙葉飄飄的美足森林中。偶爾還演出一段單輪滑行的技巧。

本來這招應該是要趴在地上，而且出入方向相反才對。不過我現在利用滑板稍微改編了一下……其實這是遠山家非常古老的密技——「潛林」。

一開始是為了在大批軍馬與雜兵之中取大將首級而開發出來的招式。可以像蛇一樣爬著穿過敵人的腳下。

其實原本應該是要一邊前進，一邊砍斷雜兵的阿基里斯腱才對——但現在這些女性又白又細的腳，每一隻都宛如藝術品一樣，我實在不可能傷害她們啊。

因此取而代之的，我伸手偷了一下她們的東西。或者應該說，是請她們物歸原主了。

就是我重要的貝瑞塔、蝴蝶刀，以及薩克遜劍啊。

將那些東西分別收回槍套、口袋與背部的隱藏劍鞘後，我穿出了這個世界上最美麗的森林……

「可以幫我把這個還給店家嗎？」

用腳尖「喀！」一聲蹬起滑板，對包圍網最外圍的少女拋個媚眼，把滑板丟給了她。

被派來進行抗金次人海戰術的少女們，紛紛一臉錯愕地用手壓著自己的裙子。不過多虧她們，讓我的爆發模式似乎又強化了。

「就該這樣呀——嘻嘻！太有趣了，遠山！」

站在女孩子們頭上的孫，開心得睜大雙眼，轉頭看向我。

而逃出第一包圍網的我則是轉身背對她……

（接下來……）

我思考著該如何逃出第二包圍網，也就是雙層路面電車與裝甲車所形成的圍牆。

首先是停在左側的裝甲車，我不太想跟它玩耍啊。

而聳立在前方與右側的路面電車，高度都有七公尺左右。這麼高的牆壁，就算是爆發模式下的我也很難跳過去。

因此，我就改變一下思路吧。把它們想成是牆壁的話，確實很像牆壁——不過它們其實是交通工具，是會動的。

「我記得是二點三港幣吧？」

我自言自語了一下，同時衝進現在已經呈現無人狀態的路面電車中。

用左手付了車錢，將右手伸向駕駛座的操縱臺。

靠我昨天瞥眼看到的記憶，我應該可以輕易駕駛這個東西。

於是，隨著「隆……」一聲低沉的聲音，形成圍牆的路面電車便開始起步了。

好，車輛就讓它繼續自走吧。

不過我為了不要讓它跟其他路面電車相撞，而把時速控制在十公里左右。

「——遠山！」

孫大叫的聲音，讓我知道了她的距離與位置。她正在少女們的頭上朝我衝過來。

好啊，妳就上車吧。反正我知道妳一定能追上，畢竟我的車速不快啊。

於是我轉頭看向孫的方向……

便看到剛才包圍我的女學生們，大家都露出驚訝的表情看著我——動也不動。

看來她們只要遇到出乎長官預料之外的狀況，沒有命令就不會有動作的樣子。

而在那群人中，表情最為驚訝的——

（她果然也在那裡面。）

就是昨天在北角拯救過我的院——院美詩小妹妹。

其實看到制服的時候我就已經知道了，她就讀的也是藍幫系統的學校。另外——

她昨天說過學校命令她們尋找的人……

（似乎就是**我**啊。）

院露出「沒想到那個蠢日本人竟然就是『化不可能為可能的男人』！」的眼神看著我——不過那個綽號真的太過獎了啦。

我只不過是因為以前被亞莉亞說過「禁止說什麼不可能」而陪她做過各種亂來的事情罷了。

因此正確來說，我應該是「被禁止不可能的男人」吧？

啊——我都覺得自己可憐起來啦。

路面電車順著軌道，「嘰嘰嘰」地開始右轉……

「——金此！不可以逃！」

昭昭用擴音器大叫的聲音，現在變得有點焦急了。

我剛才有看到路線的形狀，所以才會在前方與右側的兩輛電車中選擇了這一輛——往東進入狹窄小巷中的路面電車。

看來妳充滿魄力的選擇反而失算了呢，昭昭。裝甲車車寬太長，沒辦法追上我啦。

「……孫！妳，去追金次！」

昭昭丟下這句話後，讓裝甲車在大路上直線行進——應該是打算要包夾我吧？

「——用不著妳說！我當然會追了！」

孫大叫著，翻起短版水手服快速奔馳，從低速行進的路面電車車門跳了上來。

「遠山！這下我們兩人獨處啦！可以痛快地戰鬥了！」

「跟女性兩人獨處，聽起來真不錯呢。」

我說著，向後退到乘客座的方向。

孫則是用空手使出鉤爪與掌擊，「碰！碰碰！」地讓車內空氣發出破裂的聲響。

她的每一擊都非常銳利、快速，給人一種被擊中了就會當場受到致命傷的印象。

不過——

──我看得到。並不是無法架開。

這裡是裝了很多扶手與垂環的車廂內，很難使出腳踢技，而手擊技的軌道又會受到限制，讓規模變得比較小。我就是預料到這一點，才會選擇在這裡跟她進行格鬥戰的。

不過……猴卻忽然跳了起來……

「嘻嘻！」

用右手抓住扶手，用左手吊在垂環上──用宛如十字懸掛的姿勢扭動身體，右腳、左腳加上尾巴「碰碰碰！」地發出空氣爆裂的聲音，對我使出三段踢擊。

狹窄的空間這下反而讓我沒辦法進行「迴避」了──

「──！」

於是我趕緊交叉雙手，「擋下」了那三發攻擊。

強烈的衝擊力道，把我全身都撞向階梯的方向。

這、這對手雖然嬌小……力量卻很強啊。

要是我沒有及時用「橘花」進行減速防禦，我的手肘應該雙雙脫臼了吧？

「……妳穿著短裙，還是不要用踢的比較好吧？」

我開了一下玩笑後，孫又使出我從未見過的前空翻──用尾巴推在牆上，讓軌道在途中偏向斜方──同時對我使出一記迴旋踢。讓我只好又用手臂擋下了。

然而這次我沒辦法完全抵銷威力，讓我踏在腳下的階梯破了一階。

真、真強啊。我全身的骨頭都軋軋作響了。

孫的攻擊威力，即使是普通的打擊也有我跟GⅢ使出「櫻花」‧「流星」時的七成力道。

被她這樣連續攻擊，就算我用橘花也會累積傷害啊。

話雖如此，我也不能不擋。畢竟在這個空間中，我無法閃躲。

「遠山！你不出手就不好玩啦！」

孫用她橘色的尾巴吊在頭頂上的扶手下，像一名天真無邪的小孩子對我嘲笑著——她對這樣狹窄的空間一點都不感到棘手，相當靈巧地不斷對我使出沉重的打擊。

簡直就像在森林中的猴子一樣。

不對，孫實際上就是擁有猴子特性的妖怪吧？在我的經驗上，這些妖怪多半都擁有動物的特徵。像玉藻是狐狸，希爾達是蝙蝠。

（在這個車廂內進行徒手格鬥戰，對我太不利了……！）

於是我避難到上層，打算抓在車窗外暫時躲起來——

「——！」

可是沒想到對向車線上的路面電車剛好與我們這輛車錯身而過，害我的頭差點被撞到，而趕緊又退回車內。

（側、側面不行的話——）

——上面。我能退避的地方就只剩那裡了。

我從上層車廂後方的窗戶探出身子，雙手一撐，來到車頂上後——

「……？」

嘰嘰喳喳，嘰嘰喳喳。從周圍傳來了聲音。

仔細一看……路面上到處都是香港居民，感到有趣地看著我們這輛路面電車。

路旁林立的大樓中，也有許多人探出頭來。大家都一副開心的樣子。

看來他們打從一開始，就以為這場騷動是在拍電影之類啊。

「做得好，遠山金次，你很理解香港嘛。觀眾們都很滿意呢。」

「嘿！」一聲從車體前方的窗戶爬到車頂上來的孫，對我如此說道。

「……我是搞不太清楚妳為什麼要誇獎我啦。」

看來至少有一段時間，可以讓我稍微喘一口氣了。

「從車廂內到車頂上，不斷變換舞臺進行格鬥，是香港電影的王道啊。」

孫大概是因為觀眾很多的關係而感到相當開心，對我咧嘴笑著——

然後在有點凸起、感覺像第二性徵初期的胸部前，環起她的雙手。

「哦哦……那我能理解了。畢竟我也很喜歡看香港的動作片啊。」

這裡的環境跟狹窄的車廂內不一樣。

不管攻防，都可以發揮更大的動作。

雖然我是這麼想……可是在這裡，還是會被圍住啦。

被那些在格鬥戰上有點棘手的**香港名產**。

也就是伸到路面上，寫著五顏六色漢字的——無數招牌。

各式各樣的招牌，不管在大小還是高度上都不一樣，而且一塊接一塊逼近而來。

正確來說，應該是我們這輛自走式路面電車不斷接近它們才對。

現在經過我頭上的招牌還沒什麼問題，但道路前方還有許多在高度上幾乎快削到車頂的招牌。也就是說，我接下來要一邊用類似體操運動的感覺躲過它們，一邊跟孫戰鬥才行了。

「嘻嘻，就讓觀眾們看看吧。場景2鏡頭5，自走電車上的功夫動作片。你可別讓觀眾掃興囉？我要讓你的血肉像櫻花雨一樣飛散，炒熱這片氣氛。」

一臉愉快的孫九十度彎起手肘，朝向天地。張開彎曲的雙腳，沉下身子——

唰！唰！唰唰！

是讓人感到有點可愛的功夫架式。

真是完美的姿勢。是南派少林拳對吧？在多如繁星的中國拳法之中，孫選擇了適合在搖晃的船上進行格鬥的那派拳法，非常正確。畢竟路面電車也是會搖晃的。

……就算對方是美少女，現在好像也不是誇獎敵人的時候吧？

我必須要想辦法再度對付她的猛攻才行啊。

「這片遠山櫻花——如果你有辦法讓它散落的話，那你就試看看吧。」

我緩緩地……擺出「絕牢」的架式後——

似乎真的誤會我們在拍電影外景的居民們，「嘩——！」地從四面八方的大樓上發出喝采聲。

互相對峙的我與孫周圍，鮮豔的招牌們紛紛從左右、頭上飛逝而過。

而在更上空的地方，則是傳來刺耳的聲音——是中國國際航空的客機，正沿著香港有名的超低空降落航線，緊貼著地面飛過我們的頭頂。

某位居民從大樓中拿出一個中華炒鍋，代替開打的銅鑼「噹——！」地敲出聲響——

——於是，我與孫的格鬥動作片，第二幕便開始了。

5彈　躍動的香港電車

一塊寫著「天香樓有限公司」的橫幅招牌，以我胸口的高度掠過車頂——孫面朝車後跳起身子，我則是彎下腰，各自閃過了招牌。

就在招牌擋住我視線的瞬間……碰！

孫一個動作就從九公尺長的路面電車前方飛到後方來。

簡直就像吊了鋼索的特技動作。這種跳躍距離根本超出常識範圍了。

她緊接著在落地的同時，踢出一記宛如直衝天際的上段前踢——也就是功夫中的端腳。

（——絕牢！）

即使在這樣眾人環顧的場所，我也只能使出全身像迴轉門一樣的遠山家密技，擋下她的攻擊了。

我利用肉體中最堅硬的部位——額頭承受孫的裸足腳跟，完全吸收她的衝擊力道——瞬間轉守為攻。

——直接利用孫的踢擊力道，「碰！」地使出一記後翻踢——

這招即使是一百倍爆發模式下的GⅢ也無法對付的絕牢……

「──奇！」

猴第一眼見到就做出對應了。

雖然我往上踢的腳有一半踢中了她胸部與腹部中間的部分，但她立刻放下上臂分散了衝擊。應該有造成傷害，卻也十分有限。

反、反應神經也太好了吧？看來我的對手果然不是人類。

不過，剛才的那個絕牢其實也不完全。因為路面電車搖晃的關係，讓我的重心並沒有完全放在身體的中央啊。

「──嗚……」

雖然這樣講有點不服輸，但我這招奧義應該還不算被她破解了才對。

被自己的力道打退到車體前方的孫，微微露出了驚訝的表情。

即使只有短短一瞬間，但她大概是沒想到自己面對區區一個人類，居然會被迫認真做出防禦吧？

──舔。

用舌頭舔了一下嘴脣後，她又再度愉快地笑了出來。

「……遠山，太棒了。你真的很有趣。」

孫彷彿背後長了眼睛一樣，準確地跳過從她後方逼近的招牌──在落回車頂的途中，「碰！」地一腳踢向招牌背面。

就在我轉身避開飛來的「可口可樂」招牌時，孫跳到電車旁的建築物上，飛簷走壁，然後往牆上一蹬——唰！

（——！）

我低身閃過她的空中腳刀，但她的腳還是削到了我的頭髮。

我接著趕緊轉回頭，便看到孫用腳趾抓住了招牌，水平蹲身後，又再度跳了回來。全身像飛彈一樣的銳利頭槌削過我的身邊。要抓住她的身體使出摔投技嗎——正當我這麼想的時候，孫忽然很不自然地全身往上方逃開了。原來是她用尾巴抓住上面招牌的鐵柱，把她的身體吊了上去。

緊接著，她的裸足從我頭上踢了下來，腳趾差點就削掉了我的肉。

怎麼會有這種三次元的立體戰法啊？簡直就像高低雙槓體操一樣。

「——旋斧迴刎——！」

倒立飛落的孫，將雙手交叉撐在車頂上——

接著釋放手上的扭力，使出一記迴旋踢。

短短一秒之內，右腳、左腳與尾巴的三連擊劃過我的腹部。

這招也是銳利得嚇人。還好我在千鈞一髮之際閃開了，要不然現在身體應該已經被上下切斷了吧？

我後退到車頂邊緣、拉開距離後……

「……孫，呃……妳動作別那麼大比較好吧？畢竟妳穿的是裙子，上衣也很短啊。」

我掩飾著身上冒出的冷汗，對她提出這樣的要求——

結果全身倒立的孫像體操選手似地往後一翻，恢復站立姿勢後……

就像玉藻偶爾會做的一樣，將尾巴彎成了「？」的形狀。

「遠山，你該不會——從我的身上感覺到了女人的魅力吧？這個身體的成長可是停留在十歲的狀態啊。你看，是小孩子呢。」

孫故意轉身把屁股對著我，自己拍了兩下後，轉回頭對我扮了一個鬼臉。看起來就像小學女生在嘲笑高中男生一樣。

「……怎麼樣？遠山。」

「就算妳問我怎麼樣……」

她剛才這個動作——感覺也很像大人的女性在挑釁我這個少年。

難道孫這個人物，就是所謂的「外表看似小孩，頭腦卻像大人」嗎？

換言之，我如果把她想成是身材嬌小的年長女性……嗯，這樣就可以接受了。我並不討厭呢。

雖然我本來並不是很喜歡聊這類的話題……但現在因為某些理由，讓我想要爭取一些時間。所以就讓我來學學ＣＶＲ的那些女生，利用一下我的性別——也就是男性的身分吧。

「……男性的身體反應就是會對女性做出情愛上的表現，這無關乎理性的問題。我想妳或許有聽昭昭說過，我在戰鬥上的態度有一部分是取決於這個現象啊。」

「那麼，遠山對我的態度怎麼樣？」

「還不壞。妳或許是我喜歡的類型。」

只要讓路面電車再行進個兩、三分鐘……

「……雖然我開始對你這個男人感到有點擔心了，不過，被看成是女人來對待，我還挺高興的。在兩千年的漫長人生中，我從來沒有遇過這種事情。因此我也有點憧憬啊。」

裙襬隨風拍打的孫，開心地笑了起來。

「話說，你真的對我這種外表也會有感覺嗎？你有沒有問題啊？」

她低頭看向自己幾乎沒有起伏的胸部，以及纖細的身材。

至今為止都因為太像小孩子而不受異性注目、對戀愛抱著憧憬的妙齡女子……現在總算遇到了一位對那樣的自己也有感覺的男性，而露出了難以置信，又充滿期待的表情呢。

「——所謂的女性，打從出生的那一天開始就是女性了。女人是讓這個世界變得繽紛的花朵，而會疼愛花朵就是人類的本能。我的哥哥……或者應該說是姊姊……還是應該說是哥哥，是這樣告訴我的。所以，我會好好疼愛妳。」

我一邊隨口說著這番連我自己都聽不太懂的話——

一邊在背後偷偷操作著握在手上的手機。

「……跟、跟你說清楚，我可是會當真的。要是你敢戲弄年長女性的純情，後果會很慘的喔？我會用盡中國最殘酷的處刑手法折磨你，最後用如意棒把你殺掉啊。」

即使沒有像少女一樣變得面紅耳赤，孫也用高昂的表情說著這些與她的外表不相稱的話。

「所以說，現在就讓我來向妳介紹我同樣疼愛的花朵——我的情人們吧。」

「馬上就花心了啊！」

「花心是一種文化。」

就在這時……

因為我講得實在太隨便了，讓孫發現了我在背後偷偷操作著手機的事情。

「——喂，遠山——我勸你別叫同伴來，會讓屍體增加啊。」

不過，我已經爭取到了足夠的時間，發出通話了。

「孫，我剛才警告過妳，穿著那樣暴露的衣服跟我戰鬥的時候，動作最好別太大……原因就是，那樣會加速我的血流——讓我變得更強啊。」

我確認了一下自己身體的中心，熱度果然上升了。

雖然在剛開始的時候，我很在意孫年幼的外表，總覺得在倫理道德上對她進入爆發模式很不妥，而變得比較猶豫……但是當我明白她在本質上是一名年長的女性，血流上的規格似乎就一口氣解放了。畢竟在某方面來說，我的喜好是年長的女人啊。

「好啦，做為日中文化交流的一環，我讓妳看看一個有趣的東西吧。日本人很喜歡行動電話，所以就算拿著手機，也依然什麼事情都可以做啊。」

「什麼事情都可以做？好，那我就繼續用格鬥欺負你。這樣你雙手就沒空了吧？」

「來，讓妳見識一下我獨創的免持通話。」

我將似乎已經接通白雪的手機，從招牌間的縫隙往上拋起——

接著出手對付衝到我面前、用上雙手雙腳使出搏擊的孫。

——啪！咻！唰！

果然她的每一擊都很沉重。不過我使出的橘花也不甘示弱，甚至抓到機會就放了兩、三招的絕牢。孫因為我這招讓自己的打擊力道回到自己身上的神祕招式，而不禁皺起了眉頭。

就這樣，我一邊閃躲著孫悟空的攻擊，以及不斷逼到眼前的招牌群——

「喂？白雪。」

一邊像玩足球似地用頭「咚、咚」地頂起掉落下來的手機，與白雪對話。

『——小金？』

「我跟敵人碰到面啦。現在正被對方欺負勒。」

『咦咦咦！』

我蹲下身子，躲過孫瞄準我頭部的上段迴旋踢——

並且讓手機在我頭上像骰子一樣滾動，繼續說話。

接著用我爆發模式下的腦袋，將我在ICC大廈上俯瞰到的香港全景，與之前用手機顯示的GPS地圖在記憶中結合起來，告訴白雪會合的路徑。

「妳從軒尼詩道進入金鐘道，沿著路面電車的軌道過來吧。」

白雪是在灣仔車站附近搜索藍幫，就在這輛路面電車行進的方向上。

我一開始發動這輛車，就是抱著與同伴會合的打算。雖然因為車速不快，花上了一點時間。但現在總算得到成果了。

「——霸！」

帶著充滿氣勢的叫喊，孫舉腳往上一踢。可是她幾乎完全露出來的大腿——卻被我使用與中國武術・寸勁類似的「秋水」，抓準了**起腳**的時機，壓制下來。

伴隨「碰！」一聲充滿魄力的聲響，踢擊在一瞬間被化解的孫——又驚訝得睜大了雙眼。

就在這時，手機從我的左肩滑到我左腕的內側。

「妳幫我打電話聯絡理子跟蕾姬。我現在雙手閒不下來啊。」

『是！我立刻就過去！到小金的身邊！』

白雪用甚至不需要靠我爆發模式下的聽覺就能聽到的大音量回答後……我用右手的手肘「啪！」地闔上手機，將它收回自己的口袋中。

順便朝正面拋出一個媚眼，結果孫就開心得全身顫抖起來。

那樣子看起來比較像是因為性興奮而感到愉悅呢。

她似乎很喜歡看到厲害的男人做出示威行為——或者像我剛才那樣的雜耍特技的樣子。

（是在性亢奮上有點特殊癖好的女孩嗎？雖然我也沒資格說別人啦。）

仔細一看……在對向車線上，又有一輛雙層路面電車逼近。

發現我們在打鬥的駕駛員先生，都瞪大了眼睛呢。真是抱歉啊。

於是我拿出手槍——

「這麼說來，孫沒有投車錢呢。是不是該下車啦？但要是我還坐在車上，妳也不方便下車吧……雖然這樣做違反女士優先的精神，不過我就先走一步啦。」

說著，我就稍微，不對，是很精準地瞄準目標……碰！

對迎向而來的路面電車保險桿開槍了。

「噹！」一聲彈開的子彈，飛回我們這輛路面電車的下層。

接著，車廂內傳來「鏘！」的跳彈聲響後……子彈削過了我記憶中駕駛座上的剎車桿，讓這輛路面電車緩緩停車。

——盲射雙重跳彈射擊（Blind L L）。

這是靠著爆發模式下的空間掌握能力，利用跳彈對視野外的特定物體進行射擊的招式。雖然我今天是第一次嘗試啦。

「接下來，就進入場景3——屋內戰鬥。女主角也一起來吧。」

從漸漸減速，但因為慣性而稍微還在移動的路面電車上——

我跳到了經過一旁的對向電車車頂上。

接著再經由一塊招牌，入侵到對面百貨公司的窗戶中。

雖然當作踏腳石的對向電車已經離開了……

「嘻嘻！不用你說，我也會去！」

孫依然露出笑臉，用幾乎快要踩破電車車頂的力道「碰！」地跳了過來。

我一邊倒退，一邊進入百貨公司三樓的角落——

（哎呀……）

我好像運氣不太好呢。

這裡是男性禁止出入的黃金鄉——女性內衣賣場啊。

比日本百貨公司的商品略顯華麗的無數內衣，在我眼前閃閃發光著。

四面八方、五顏六色的內衣，真是讓我感到快要暈倒了。

這間店似乎是稍微比較高級的店家。腳下鋪著豪華的毛地毯，裝潢充滿女性的華美感覺。

而面對我這位從窗戶倒退入侵到店裡的高中男生……

店員小姐與香港美女客人們，都不禁睜大了眼睛。

「……不好意思，打擾了。」

因為語言不通的關係，我只能姑且對她們露出笑容。

接著對準備從窗戶進來的孫開了一槍，用槍聲代替了我此刻最想講的一句話——

「這裡會很危險，快點離開吧。」

聽到「碰！」地一聲槍響，女性們「呀！」地發出全球共通的尖叫聲，紛紛逃出了這個樓層。從試衣間飛奔出來的客人，甚至只穿著內衣而已。真是不好意思了。不過拍電影就是要有點性感畫面，希望您能笑一笑，原諒我們吧。

同時，雖然說距離不近，但竟然可以看穿我的子彈路徑並進行迴避的孫則是……

「你果然一如謠傳地是個色鬼啊！居然硬是挑了這種店入侵！」

她或許是因為對自己沒辦法穿上這些內衣的身體抱有自卑感，而紅著臉生氣起來了。

「……雖然這樣講沒什麼說服力，但我還是要老實跟妳說，我絕對不是故意的。」

我回想起以前自己也說過類似的話，而不禁苦笑起來。

接著用單槍單拳的手槍格鬥術——亞魯・卡達迎戰裸足衝過來的孫。

孫一邊奔跑，一邊拆下掛衣服用的長桿子，並且把它舉在身後，跳躍起來。雙腳彎曲、胯下大開，撕裂著空氣朝我飛來。

「——！」

因為她過於迅速的手腳，以及相當大膽的姿勢，讓我錯失了扣下扳機的時機。

鋼鐵製長棒「碰！」地揮了下來。我趕緊在放滿內衣的桌子上翻滾身體，避開她的攻擊。

接著在落地前的瞬間，空中對桌子踢了一腳，讓它滑出去衝撞孫——可是孫卻跳到桌子上，把掛衣桿像魚叉一樣刺出來，讓我全身倒在地面上。

——真厲害。孫很擅長使用棒術啊。

所以在悠久的歷史中，如意棒（雷射）才會被人誤以為也是棒子嗎？

倒在地上的我，一腳踢斷孫腳下那張桌子的桌腳，讓她失去平衡——逃過她的棒子攻擊。

孫從桌子上摔下來後，在絨毛地毯上翻滾了一圈……

「——哈！」

起身的同時，朝我的腦門揮下棒子。

於是我看準時機對她拋了一個媚眼，同時用力拉扯絨毛地毯。

結果……

「慘！」

孫幾乎雙腳朝天，一屁股摔坐在地上。

她手上的棒子也「啪！」一地敲在我身旁的地面上。打歪啦。

哈哈，即使擁有比我過去對付過的那些敵人還要優秀的瞬間爆發力，妳終究還是個嬌小的女性，體重很輕呢。

就在我不禁面露微笑的時候──

「──？」

我忽然發現有一名女性，沒有避難到別的樓層去。

在內衣店對面的一間糖果店中……有一名綁著麻花辮、戴著眼鏡的年輕店員，不知道在做什麼事。

那位以武偵高中的學生來說，有點像救護科學妹──宗宮鶇的大姊……

「……嗚……！」

從一個透明壓克力製的巨大糖果盒中，拿出了一把藏在裡面的柳葉刀──

以日本的印象來說，就是青龍刀了……！

然而，她的表情看起來不像是為了要自衛，而是戰戰兢兢地對孫使著眼色。

——這下我搞懂了。

她就是隱藏在香港街上的藍幫成員之一啊。

「孫小姐！請你用呢個！」

拋！

我雖然伸出手，想要攔截她丟過來的青龍刀——可是孫卻用手上的棒子纏住那刀柄上垂下來的紅鬚，把青龍刀搶了過去。

接著，孫丟掉那根棒子……

「——嘻嘻！你都難得到中國來了，就嘗一嘗**這個**跟**那個**的滋味吧。」

用華麗的身手，在身體周圍開始揮舞大刀。

而在我的背後，也傳來「咻！咻！」的聲音。

於是我趕緊轉頭，便看到剛才那位大姊……

「——啊洽、啊洽……！」

明、明明穿著緊身短裙&高跟鞋這種最不適合進行格鬥戰的服裝，卻揮舞著雙節棍，對我威嚇著啊。

不過，她的身手一看就知道是門外漢，每個動作都太慢了。

「啊達〜〜！」

像李小龍一樣想要用腋下夾住雙節棍的大姊，卻因為失手，而「碰！」地讓雙節棍打到自己的背部……

「～～～～咳啊！」

慘叫一聲，當場倒下。妳到底是想做什麼啊？

話說回來，在香港電影裡，就是會有那種像洪金寶的喜感角色啊。

我跟孫都暫時無言地看著這一幕後……

那位大姊丟下了雙節棍，搖搖晃晃地跑掉了。而且還把背部完全對著我們。

……我根本什麼都沒做，就打倒一名藍幫成員啦。

「呃……怎麼說？在藍幫裡面，也是有像那樣的人啊。對不起，雙節棍取消了。」

「那要不要換我來耍啊？」

「你會嗎？」

「我在學校……在強襲科有跟香港老師學過短短三小時的雙節．三節棍勒。」

如此說著，我就靠嘴上功夫獲得了一把雙節棍。

接著將橡木製成的左右雙棍水平架起——

哎呀，我也只會擺擺架式而已啦。

「好吧，既然這樣，為了對藍幫同伴演出那場難笑短劇的事情表示賠罪，我就特別優待你吧，遠山。」

孫在一片內衣花園中蹲下來後，單手抱著青龍刀，像看電視的人一樣躺下身子。

「你可別逃走喔？我這動作要是被裝作沒看到，可是很丟臉的。」

在乍看之下似乎很放鬆的孫面前——

「妳放心吧。在日本有句諺語叫『上門的肉不吃是男人之恥』。我可沒那麼帥氣，看到女性像那樣躺在眼前卻可以丟著不理啊。」

獲得這個好機會的我，一步……兩步……

慢慢縮短了距離……

接著搶走孫的拿手好戲，跳起身子後往下打擊。

雙節棍是一種比外觀印象上更具殺傷力的武器。利用像投石機一樣的離心力原理，可以發揮出比單純使用棒子毆打更高速的攻擊。

「——嘻嘻！」

然而，我的棍術終究只是臨陣磨槍的罷了。

躺在地上的孫將身體像輪盤一樣旋轉，輕鬆避開了我的攻擊後，啪！揮動青龍刀，反過來橫掃我的腳。

——我早就知道她會這麼做了。

孫剛才那乍看之下毫無防備的姿勢，其實是一種中國拳法——地躺拳。

那是一套術理確立、經過漫長歷史鑽研累積而成的格鬥架式，可以趴在地上攻擊站立的敵人。幸好我事先知道，看來即使是在那樣的（去死去死團）強襲科專心上課還是有用的呢。

對如此少見的戰鬥手法似乎也很精通的孫——

在我躲過她的一閃攻擊後，緊接著又從地面放出銳利的連踢，攻擊我的膝蓋與胯下。

「……嗚！」

我用等同於門外漢的雙節棍術試圖擋下，結果……噹！

雙節棍最脆弱的鐵鍊部分，被她揮起的青龍刀當場破壞了。

拿著單純變成兩根短棒的雙截棍的我——也早已料到這樣的情況——而「啪！」地用那兩根短棒夾住了孫的青龍刀。

接著用膝蓋往那刀身一踢，喀！

——靠著蠻力把刀折斷了。

跟每一把都靠長時間鍛造出來的日本刀不一樣，中國刀是利用鑄造的方式量產出來的刀。即使上面裝飾著華麗的浮雕或紅鬚，只要沒經過鍛造就是很脆弱。

我之所以會拿雙節棍，就是為了這個目的——

可是孫似乎已經預想到了更後面的發展……

「——殺！」

她接起掉到半空中的青龍刀刀尖，像擲飛鏢一樣往上丟了過來。

「——哦！」

因為我沒遇過什麼被對手從正下方投擲刀械的經驗——

結果讓閃避的動作稍微大了一點。

抓到這個機會的孫伸出雙腳，裸露的腳趾像手一樣靈巧地抓住了我外套的衣襬。

然後靠她超乎常人的腳力——

用腳把我抱了過去。

「！」

失去平衡的我不禁伸手撐在孫的身體兩旁……

接著，孫的雙腳繞到我的背後，緊緊扣住了我的身體。

以徒手格鬥來說，就是一種防禦體位了……可是男女之間做這種姿勢……好、好像看起來還頗難為情的啊。

我把孫壓在地上，而孫也用自己雙腳抱住我的身體……感覺很像什麼煽情的體位。我的腦袋都快冒煙了。

「……這好像是叫『喜歡喜歡抱』對吧？」

「為什麼孫會知道連我都沒聽過的日文啊？」

撐起上半身的我，立刻使用肩膀的力量朝她揮下一記鐵拳——

「嘻嘻！」

可是孫卻用尾巴往地面一撐，讓她的蠻腰一口氣從我的腰部下方上升到胸口以上。

接著……

她一把抓住我揮空的右手，並且讓我的肘關節徹底伸直。

最後，讓整個身體上升的孫，用上下顛倒的盤坐姿勢，兩腿與胯下夾住了我的頭部。

這是、三角繞脖術——不對，位置比較淺。

本來應該掐住頸動脈的兩腿，現在是夾住我的頭部。

而且有點難為情地，我的口鼻就塞在孫的胯下啊。

「——遠山，你是個還不錯的男人。可是，也僅止於『還不錯』而已。居然會被我徹底使出這招『髑髏剪剪腳』，可見你功力還不夠啊。我不喜歡弱小的男人。包括你剛才天真的預測，還有貧乏的對應能力，都讓我太失望了。要不要讓我乾脆現在殺了你？」

（……嗚……！）

我的關節不斷發出慘叫。

不對！這才不是「三角繞脖術」那種教科書上的招式，恐怕是中國拳法的**密技**啊。

不但固定了對方的手臂壓制動作，用胯下阻止對手呼吸——

還可以把對手的頭部**當場壓碎**……！

「你就徹底像個『花花公子』，在內褲店把腦漿撒在裙子中死去吧，遠山。」

通常這種繞住頭部的三角繞脖術是失敗的固定技，可以逃脫的方法多得是。

然而，那是指對手是人類的狀況。可是孫的腳力超乎了常人的水準。

拔——拔不出來！我沒辦法把頭從孫的胯下拔出來！

軋！軋……從我的**腦袋中**不斷發出頭蓋骨關節擠壓的聲音……

「一、二……三！」

就在孫縮起上半身，準備一口氣往腳部施力的瞬間……

咻——

——「鏘！」一聲鐵鍊的聲音傳來，我的手被釋放了。

「——！」

多虧如此，我總算成功把頭從她的兩腳間拔了出來。

——好險啊。要是再被她多夾個一秒，我的頭真的就會像西瓜一樣破裂啦。

定眼一看，孫的脖子上繞著一條附有重錘的鐵鍊——

那條鐵鍊是從百貨公司三樓樓梯旁的花店延伸過來的。

而握住另一端的玉鋼製鐮刀的……

「……小、金……怎麼可以、做那種、教人羨慕不要臉的、行為……！」

正是我的同伴——雖然我不確定是不是這樣——也就是用失去光芒的雙眼看著我跟孫這種煽情姿勢的……白雪！

「白、白雪，謝謝妳啦。剛才那個是、我們在打鬥啊。雖然看起來、在姿勢上有點猥褻啦……」

在吞吞吐吐的我身體底下，孫解開手臂上的鎖鍊——仰躺在地上看著白雪。

「那是你的情婦嗎？還真是漂亮的日本美人啊。」

一開口就說出ＮＧ詞彙啦……孫！壞壞！

「情、情、情婦……！那是在講妳自己吧啊啊啊啊啊——！」

白雪「鏘！」地把鐮刀刺在地上，唰唰唰唰唰——！

從制服的裙子中拉出好長好長的一條子彈鍊，接著張開雙腳，彷彿要生出鐵塊似地——讓改造成折疊式的Ｍ６０機關槍登場啦！

「！」

在內衣花園中纏在一起的我跟孫……唯獨在這種時候才發揮出莫名的默契，朝左右散開——

我逃到藥店中，孫則是逃進婦女服飾店裡。

「——嘿咻！嘿咻！」

姑且不論為什麼要用廟會時的吆喝聲，但白雪每「嘿咻！」一聲，就把一百發左右的子彈輸送帶纏到肩膀上——

鏘噹！

接著就像魔物獵人的銃槍角色一樣，舉起M60的同時利用彈簧機關將槍身組裝起來。

最後，彷彿在毆打似地「喀！」一聲把第一發子彈裝到機關槍上。

「天天天天天誅誅誅誅誅誅誅誅！」

——吘吘吘吘吘吘吘吘吘吘吘吘吘吘吘吘吘吘！

7.62×51mm NATO彈在百貨公司內颳起一陣暴風，讓這齣香港動作片瞬間變成好萊塢的戰爭電影了。

似乎因為剛才我跟孫的體位而受到巨大衝擊的白雪，或者說黑雪……

「啊哈哈哈哈哈！剛才那個，真是太讓人羨慕不要臉啦！那樣的事真好，實現的話真好！跟我都沒有做過呢！對吧小金？對吧小金！」

唱著「哆啦A夢之歌」與「對吧嚕嚕米」改編的曲子，揮動M60，追蹤掃射邊笑邊逃的孫。

碰碰碰碰碰！五具並排在一起擺出姿勢的假人模特兒一個個被爆頭；磅磅磅磅！洋酒店裡的酒瓶紛紛被彈幕擊碎，讓紅酒像鮮血一樣飛濺出來。啊啊……這損失金額有多少港幣啊？

「啊哈哈、啊哈哈哈哈哈哈哈哈哈哈哈——————！」

散落出來的黃銅彈殼打碎白雪周圍的花，而她則是站在那片花霧中大笑著。

「——嘻嘻！不愧是遠山的女人！真不錯啊！」

孫大叫著，在壞掉的假人身上踏了一下後，「啪！」一聲飛到婦女服飾店中的華麗吊燈上，用手刀斬斷燈座。

接著在半空中對吊燈用力一踢，讓它飛向白雪——「轟！」地撞了下去……！

「白、白雪……！」

白雪被撞到花店的展示架上，大量的花束從架子上掉落下來，埋住了白雪。但我還來不及擔心她的安危——唰！

M60的槍身又立刻從花朵堆成的小山中伸了出來。

接著……吋吋吋吋吋吋！

恐怕是變成匍匐姿勢的白雪，又繼續開槍射擊了。

白雪，怎麼會有如此難纏的女人……！

「真是個難纏的女人啊！」

孫似乎也抱著跟我一樣的感想……

「沒關係！難纏一點才叫好女人呀！」

而白雪則是在鮮花堆成的砲塔中尖叫回應後……鏘！噗噗噗噗……子彈射光了。

於是趴在地上的我才好不容易站起身子……結果看到對面的白雪也從花堆中站了

起來，**手上還握著日本刀**。

「小金——孫悟空是猴子，不是人類。所以我接下來要做的事情，是撲滅猴子，並不是殺人呀。呵、呵呵！唵咕哩咕哩叭撒蘭叭它——怨！」

唰，唰。

白雪握著出鞘的色金殺女，擺出「八相」的架式，踏在花朵上走了過來。

她、她看起來打算要殺了孫啊。

或者說，如果是黑雪小姐的話，搞不好真的會大開殺戒啊。

她身上釋放出來的壓倒性氣勢，就是讓我有這種預感。

但是——我在跟孫的戰鬥之中，已經明白了。

現在我們應該做的事情，並不是把孫殺掉。

「等、等一下，白雪……！孫是——」

多少已經猜到這麼做只是白費力氣的我，依然嘗試著說服白雪……

「怨怨！撲滅猴子！撲滅猴子！就讓星伽巫女來撲滅妳！」

但白雪還是鏗鏘有力地讓我明白了，我果然只是在白費力氣。

我想孫一定也會呼應她——抱著大開殺戒的打算，跟白雪戰鬥。

因此我為了想辦法收拾這個局面，而轉頭看向孫……

——卻發現孫的樣子出乎我的預料。

「啊……色金殺女……既然拿著制御棒，就表示……她是緋巫女對吧？哎呦……」

個性好戰，對自己的戰鬥能力毫不懷疑的孫，竟然額頭冒著冷汗，嘀嘀咕咕地說著莫名其妙的話，**向後退下了**。

當然，她並沒有喪失鬥志，只是臉上的表情看起來相當警戒眼前的白雪。

（……？）

正當我因為她的態度而皺起眉頭的時候——

叭叭——叭叭叭——！叭叭叭叭！

從百貨公司樓下的道路上，傳來了斷斷續續的喇叭聲。

雖然聽起來好像是有人在惡作劇——但那其實是摩斯密碼。

我在腦中解讀著……是「理理、理理」啊。

看來又有一名會讓狀況變得複雜的女孩抵達啦。

不過，這搞不好是個好機會。

既然是有喇叭聲，就代表理子是坐在汽車的駕駛座上。也就是她準備了代步工具。

我為了實現孫的願望而事先決定的三十分鐘，已經快到了——我看還是暫時先撤退吧。

既然這樣……我就要先阻止白雪才行。

「白雪，已經夠了！我們撤退！孫有如意棒，要是讓她用上那招……！」

我朝白雪衝了過去，再度嘗試說服她。

「小金讓開，你不讓開我就殺不了那傢伙！我早就已經做好喪命的覺悟了！」

白雪已經陷入了與之前來殺亞莉亞時相同的狀況。而我則是衝到她面前——

——啪！

在她眼前用力拍手，嚇唬她一下。

接著「嘿！」一地一聲，用公主抱將她抱起來。

「——白雪。不要在我還沒愛完妳之前就死啊，上天不會允許這種事情的。」

我抱著手上拿刀的白雪，在她耳邊用「呼蕩」小聲呢喃……

於是白雪當場呆了一下。

接著露出陶醉的表情。

從黑雪恢復成白雪，抬頭看著抱住她的我。

「來，笑一個吧。看到白雪憤怒發抖的樣子，我會很傷心啊。不過，能治療這份傷心的人——白雪，也是妳啊，對吧？所以說，來，白雪，笑一個吧。」

如果是電影的話，這雖然是會惹觀眾白眼看待的臺詞，不過白雪是一位不管**這邊的**我說了什麼話，都可以全盤接受的觀眾。

就好像只要是自己喜歡的偶像演出的電影，管他是多糟糕的Z級電影都會捧場的好粉絲啊。

因此……

「——是！」

嗚哇……她在我的懷中露出了閃亮到反而教人害怕的笑容啦。

話說，我對白雪的操控經驗也變得相當豐富了呢。這已經快要到達夫妻搞笑的程度了。

我不禁自嘲地笑了一下，然後抱著白雪——

朝理子的喇叭聲傳來的窗戶衝了過去。

「哎——遠山！」

回過神來的孫，在我背後大叫著。

不過，已經三十分鐘了，妳也玩夠了吧？要延長可是會加錢的喔？

現在就讓我頭也不回地瀟灑離開吧。

另外——

——在這場戰鬥中，我已經明白了，孫，妳究竟是什麼人。雖然只有一部分而已啦。

爆發模式原本是為了繁衍子孫而存在的能力。

而所謂的子孫，是女性如果沒有**打從心底**接受男性的話，就無法繁衍的東西。

因此……爆發模式下的我，對女性的真心非常敏銳。

我可以很深很深地看透對方的真心，也就是**心靈**。

孫——現在的妳，並不是妳。

是不在此處的某個人。

是那個人**在遠處操縱著**真正的妳——也就是猴的肉體。

那個人既不是昭昭或諸葛，也不是佩特拉。

換言之，我應該看作是孫、並張開手臂接受的女性，在別的地方。

就是因為明白了這件事……所以我知道了我對眼前的妳應該做的事情。

那並不是像剛才那樣打鬥。

——而是要拯救妳。

我要把孫的人格趕出去，讓那個身體只屬於猴一個人。

當然，因為我不是什麼精神科醫生，所以並不知道該怎麼做。妳跟我是命中注定要戰鬥的敵人。整個狀況相當複雜，看似不可能解決。

不過妳放心吧。

我正如「化不可能為可能的男人」這個綽號所示，曾經讓許多不可能的事情化為可能了。

因此我為了拯救妳，這次也會勇於挑戰。

妳問我為什麼要拯救身為敵人的妳？理由有三個：

第一，妳是一名女性——

第二，我是一個男人。

而第三點，拯救女性就是男人的工作啊。對吧？

Go For The Next!!!　Z8

我為了暫時撤退，而敞開窗戶後——

竟看到了出乎我預料的景象。

這間百貨公司，這一面的外牆似乎正在進行修補……

因此我眼前是一整片覆蓋外牆的鷹架。從地面一路延伸到最上層。

在日本應該是用鋼鐵製成的鷹架——在香港全部都是**竹子**製成的。

這麼說來，我在電影中也有看過。

這個地方的工人會稍微犧牲一點安全性，選用比較便宜的竹子快速搭建大樓工程用的鷹架。

「欽欽，這邊這邊！你看！理子為了欽欽，買了一臺車喔！就在路邊！用支票呢！呼呵呵！」

理子一邊攀爬著像公園攀登架一樣的竹子，一邊對我拋了個媚眼。

而在她的下方，就停著一臺方方正正的美國車——凱迪拉克 DeVille・1968。

車種與年代都跟我剛才靠喇叭聲猜出來的一樣。不過車體顏色是充滿夢幻的淡藍色這件事我就沒猜到了。那就是理子準備的車子是嗎？
雖然型號較舊，速度不快，但卻是一臺堅固的敞篷車。以臨時準備的來說，算是很棒了。
「白雪，妳下得去嗎？」
「沒問題！」
讓收刀入鞘的白雪站到竹子做的鷹架上後，我自己也踏了上去。
就在我關上窗戶，準備與白雪兩個人爬下去的時候……碰！
孫一腳把整扇窗戶連同外框一起踢飛，自己也跳到鷹架上來了。
「遠山！哈哈哈！你都讓我如此熱血沸騰了，就陪我玩到分出勝負吧！」
咻！咻咻——孫爬下來的動作完全比我們快。這簡直就是人類與猴子之間的競爭了。她在轉眼間就追上了我，朝我伸出手來——
「喝——！」
白雪立刻對孫使出一記飛身交叉手刀……
「呀嗚！」
卻當場失敗，撞上了鷹架。
接著被彎曲的竹子彈回去，朝斜下方滾落了。完全就是自爆啊。
「等等……小雪！」

理子很不幸地就剛好在底下，被白雪的安產型臀部撞個正著。

白雪雖然順利地抓到了一根竹子，但理子卻是像彈珠檯上的彈珠一樣，一路撞著竹棒摔了下去，而且每撞一下就發出「噢！」「呀！」「噗哇！」「嗚！」的叫聲，最後——「啪！」一聲摔在人行道上，呈現像電玩「太空侵略者」的姿勢。哎呀，既然是理子，應該就沒問題吧？

另一方面，白雪則是對理子一句「對不起」也沒說，就像撐竿跳失敗的選手一樣抓著竹棒……靠體重彎曲竹子，在稍遠處的車道上平安落地了。

被彎成倒立U字形的竹子，在白雪落地的同時讓彈力到達了極限，「啪！」一聲折斷，變成了一根五公尺長的竹竿。

白雪緊接著就把它當成竹槍……

「小金！讓我來掩護你！嘿！」

從下方刺擊再度朝我攻過來的孫。

她的竹槍功夫硬是了得……

「——咕！」

讓孫被迫要用雙腳或尾巴架開銳利的突刺，阻礙了行動——

於是一路往下爬的我，就相對跟她拉開了距離。

太、太強了。白雪的竹槍居然對那個孫有用啊。明明用機關槍就不行的，用竹槍卻可以。白雪，我看妳乾脆把主要武器換成竹槍算啦。

多虧她的幫忙，讓我順利爬落到人行道上了。

接著，我就看到果然沒什麼大礙的理子爬著坐上凱迪拉克的駕駛座——於是把停在路邊的幾臺車子當作踏腳石，一路跳到她的車上。

理子似乎已經發現我處在爆發模式的狀態，而自動退到車子的後座後——

「欽欽！」

「什麼事！」

「那是孫悟空吧！」

「對啦！」

「大事一件呀！」

「什麼大事！」

「悟空小妹妹，穿的是紅黃相間的條紋內褲！跟國旗一樣！太稀有了！理子也想要！」

「——那種事情現在不重要吧！」

我在發動引擎的同時，一腳踢開副駕駛座的門——雖然我是第一次開排檔桿設在方向盤座上的車子，不過我還是順利打入D檔，同時用力踏下油門。用燒胎的聲音代替對周遭行人的警笛後，緊急加速，切方向盤，降檔加剎車——讓巨大的車身演出一招一百八十度的慣性甩尾迴轉，使打開的副駕駛座車門剛好對著站在車道上的白雪。

「白雪！上車！」

「──是！」

白雪就像在跳繩的女孩子一樣，順利跳到副駕駛座上。

接著，我迅速切回方向盤，讓暫時停下來的凱迪拉克再度緊急發車。

「呀呵～！」

緊接著一連串宛如飛車特技的駕駛，讓有刺激上癮症的理子在後座大聲叫好。

而我雖然有點擔心副駕駛座上的白雪會感到害怕。可是──

「小金，好帥……！」

她對於我這樣粗暴的駕駛，也露出一臉陶醉的表情。這兩個女孩的膽子都真大啊。

（──要是開往上環的方向，會有跟昭昭的裝甲車碰頭的危險。）

如此一想的我，決定要沿著灣岸邊的東區走廊往東走了。

於是我用力踏下油門──

透過後照鏡觀察已經落到地面上的孫。

她看著幾臺來往的車輛經過之後，突然四肢著地，用野獸般的姿勢快速奔跑起來。

……這、這怎麼可能？雖然只是我的目測，但她的速度有將近時速一百公里啊。

簡直像美洲獅一樣。

孫接著跳上一臺正在行進的紅色敞篷車——BMW・Z8，一把抓起駕駛座上的青年，丟到別臺車的車窗中。太霸道了吧？

坐到膚色皮椅上的孫，讓八汽缸引擎「轟！」地發出巨響，加速追趕我們。

（——是Z8嗎……！）

Z8可是一臺連龐德也駕駛過的正牌超級跑車，是非常適合拿來進行飛車追逐的車子之一啊。

而我們這臺凱迪拉克 DeVille，是為了以時速一百公里－2000rpm 左右的速度巡航廣大美國而設計出來的車子，在性能上差太多了。

我雖然已經把時速表飆破極限，以時速一百二十公里的速度奔馳著，可是Z8可以發揮出一百六十公里以上的速度。雙方距離五百公尺，用不著一分鐘就會被追上了。

面對逼近而來的孫——

理子忽然用撲壘包的姿勢，把上半身伸到 DeVille 的後車廂上。

「呼呵呵！」

她接著拿出兩把華爾瑟 P99，「碰碰碰！」地發出槍口焰，開槍了。

9mm帕拉貝倫彈命中對方的車輪，傳來「噗！噗！」的模糊聲響。

然而，對方在行駛上似乎沒有問題。

孫讓Z8發出尖銳的引擎聲，提高速度追趕。

「果然！」

理子這句話的意思，我也明白了。

剛才孫在路上眼睜睜看著好幾臺車經過，為的就是尋找裝了防彈輪胎的車子。路上疾馳的兩臺敞篷車，再加上槍響——讓駕駛一般車輛的民眾都紛紛避難到路肩去了。而經過十字路口時，也沒有像電影情節那樣有白痴從旁邊衝出來。

「呼嘻嘻嘻。」

我聽到理子發出她獨特的笑聲，而透過後照鏡看了一下——

結果發現她拿出一個大罐子，亮給已經追到後方五十公尺左右的Z8看。

——是機油罐啊。還真是準備充分。

「呀哈！」

站在後座的理子，把已經打開的罐子一倒——讓機油灑向凱迪拉克後方的Z8。

相對地，孫則是——「轟！」地讓Z8又加速起來。

接著……嘰嘰嘰嘰！

Z8的輪胎徹底甩開，側著車身，靠慣性飄移繼續前進。然後孫在駕駛座上——

「……嗚……！」

看到接下來的景象——我、白雪跟理子都忍不住驚愕起來。

孫竟然**站了起來**，讓身上的短版水手服隨風拍打著。

而且她不是站在車椅上。

而是將左右的裸足──分別站在**擋風玻璃上緣**跟**方向盤**上。

孫靠踏在方向盤上的右腳，精密地操縱著快要失控的Ｚ８──就連車速都靠車體的方向來調節滑行程度的增減。而且她的視線始終沒有從我們身上移開。

看來她是配合我們調整了車速，並且把車子切換到巡航模式了。

她讓我們見識到這番超乎常人的靈巧動作，同時讓Ｚ８追到凱迪拉克的側面。

現在雙方幾乎是呈現並行狀態了。

這時在前方的大樓窗戶中──我看到一名可能是藍幫成員的西裝上班族，將一把棒狀的東西投擲過來。

──站在行進車輛上的孫，一把接住那個宛如擲槍般飛過來的東西，「唰！」地架到自己的背後。

那把看起來很像日本薙刀的東西──是青龍偃月刀，古代中國的武器啊。

接在長柄前端的闊刃彎刀上，雕刻著彷彿在燃燒的火焰花紋。

讓長長的黑髮像旗幟般飄揚──站在Ｚ８上的孫──

確實與「鬥戰勝佛」、「九龍猴王」這些名字非常相配，是一名如武神般的少女。

「──古代中國，三國時代──」

在咧嘴笑著的孫頭上……

金黃色的發光粒子開始飛舞起來。

好像天使的頭環似地，照耀孫的頭部。就是玉藻稱為「金箍冠」的現象。

接著，她的**右眼**終於——

（……！）

——啊啊，孫，不對，猴。

那讓我感覺像是妳的眼淚啊。

是在妳的身體中只能夠存在一半的，真正的妳——

只靠一邊的眼睛，流出的**紅色**血淚啊。

「呂布、張飛、趙雲、關羽、夏侯惇——當時的中國，遍地都是像遠山那樣一騎當千的猛將啊。」

在孫的體內，有痛苦掙扎的猴。

有因為痛苦，甚至打算放棄生命的猴。

——但是，我一定會幫妳想辦法的。

雖然大家都認為我總是惹女人哭泣，但既然如此，讓女人停止流淚也是我的義務啊。

「多虧你，讓我回想起那個時代了啊，遠山金次。」

看著我笑的孫，右眼正發著光。

不會錯。這就是我那時候看到的光芒。

是如意棒——光速攻擊啊……！

每經過一秒，她眼睛散發出的光芒就越來越強。

——越來越紅、越來越紅——！

Go For The Next!!!

後記

大家過得好嗎！我是生日蛋糕上的蠟燭被電風扇吹熄的赤松！

這次的第十三集是海外遠征篇，用上下集來說的話就是上集了。而在下一集的第十四集——出版之前，「緋彈的亞莉亞」系列第一本短篇集，同時也是動畫DVD・BD的附錄小說「Cast Off Table」預計會先在冬季出版。

這本「Cast Off Table」，是描述在暑假時，金次他們舉行（或者應該說是在理子半強迫下舉行）的一場脫衣遊戲大會。書中也收錄了許多在本篇故事中很少見的性感插圖，務必請讀者大人們將它列為必備收藏之一喔！

咦？你問我為什麼要在上下集之間插入一本短篇集？

……

……才、才不是因為我想不出來對付雷射的方法呢！

……

…………嗚喔喔喔喔！為什麼要跑出那麼強的東西啦！我這個笨蛋！不，沒、沒問題的！只要我想到方法，我一定會讓第十四集順利出版的，請大家放心。

就算我沒有想出來——金次一定也可以臨場想出什麼辦法的！

就在筆者滾地哀號之後，請容我宣傳兩件事情。

第一件！こぶいち老師的畫冊「緋彈的亞莉亞 Illustrations こぶいち art works」會與本書同日發售！附錄的拉頁海報也是值得收藏的珍品喔。當中也收錄了我寫的一篇，讓金次描述他必殺技的短篇小說。

接著，第二件。下個月九月十日，電擊文庫將會出版敝人的新作！小說的題目是「魔劍的愛麗絲貝爾」，插圖是由以「就算是哥哥，有愛就沒問題了，對吧」出名的閏月戈老師負責。是跟這套「緋彈的亞莉亞」在相同世界中展開的大排場武裝動作＆愛情喜劇第二系列！請大家在喜愛亞莉亞的同時，也多多照顧愛麗絲貝爾吧。

最後，我要表達我的感謝之意。為了撰寫本書，我特地到香港去取材了。大方讓我參觀了那間隱藏房間的香港麗思卡爾頓酒店、協助我取材的ＭＦ文庫Ｊ編輯部以及東立出版集團有限公司，本人謹在此表達深深的謝意。

二〇一二年八月吉日　赤松中學

「緋彈的亞莉亞」
也來到
第13集了。
這次的新
人物也非常
活躍喔。
這個人物跟
第12集的菊代、
萌又完全不同，
是過去從未有過的感覺，
讓我畫得很開心。
好像把尾巴再多強調
一點會比較好的樣子。
那麼，期待下集再見！
恭喜第13集發售！

浮文字

緋彈的亞莉亞(13) 反擊的九龍

(原名：緋弾のアリアXIII 反撃の九龍(ガウロン・リバース))

作者／赤松中學　封面插畫／こぶいち　譯者／陳梵帆

發行人／黃鎮隆　副總經理／陳君平

總編輯／洪琇菁　國際版權／黃令歡

執行編輯／呂尚燁　美術主編／李政儀

企劃宣傳／邱小祐

出版／城邦文化事業股份有限公司 尖端出版
台北市中山區民生東路二段一四一號十樓
電話：(〇二)二五〇〇七六〇〇　傳真：(〇二)二五〇〇二六八三
E-mail：7novels@mail2.spp.com.tw

發行／英屬蓋曼群島商家庭傳媒股份有限公司城邦分公司　尖端出版
台北市中山區民生東路二段一四一號十樓
電話：(〇二)二五〇〇—七六〇〇(代表號)
傳真：(〇二)二五〇〇—一九七九

北部經銷／祥友圖書有限公司
電話：(〇二)八五一二—三八五一
傳真：(〇二)八五一二—四二五五

中部經銷／楨彥有限公司
電話：(〇二)八九一九—三三六九
傳真：(〇二)八九一四—五五二四

雲嘉經銷／智豐圖書股份有限公司　嘉義公司
電話：(〇五)二三三—三八五二
傳真：(〇五)二三三—三八六三

南部經銷／智豐圖書股份有限公司　高雄公司
電話：(〇七)三七三—〇〇七九
傳真：(〇七)三七三—〇〇八七

一代匯集／香港九龍旺角塘尾道六十四號龍駒企業大廈十樓B&D室
電話：(八五二)二七八三—八一〇二
傳真：(八五二)二七八二—一五二九

馬新總經銷／城邦(馬新)出版集團　Cite(M)Sdn.Bhd.
E-mail：Cite@cite.com.my

法律顧問／王子文律師　元禾法律事務所
台北市羅斯福路三段三十七號十五樓

二〇一三年六月一版一刷
二〇一八年九月一版四刷

■中文版■

郵購注意事項：
1. 填妥劃撥單資料：帳號：50003021戶名：英屬蓋曼群島商家庭傳媒(股)公司城邦分公司。2. 通信欄內註明訂購書名與冊數。3. 劃撥金額低於500元，請加附掛號郵資50元。如劃撥日起 10～14日，仍未收到書時，請洽劃撥組。劃撥專線TEL：(03) 312-4212 ・ FAX：(03) 322-4621。E-mail：marketing@spp.com.tw

國家圖書館出版品預行編目資料

緋彈的亞莉亞 / 赤松中學 著 ； 陳梵帆 譯. --1版.
--臺北市：尖端出版，2009.10
面 ； 公分. --(浮文字)
譯自：緋弾のアリア
ISBN 978-957-10-5239-7(第13冊：平裝)

861.57　　　98014545